KB074788

그 모든 끌림의 주인인

_____ 에게

당신이
그
끌림의
주인이었습니다

나를 향해 눈을 두 번 깜빡여 주시면
우리도 밤새 이야기를 나눌 수 있습니다.

당신이
그
끌림의
주인이었습니다

———

오휘명

지식인하우스

길고양이

오래간만에 참 기분 좋은 밤입니다. 오늘처럼 달님이 예쁘게 떠준 밤이면, 그나마 쓸쓸함이 덜합니다. 더구나 오늘 낮에는 밤참으로 삼을 먹을거리도 몇 개 찾아 놨거든요.

나는 길고양이입니다. 길고양이 중에서도 아주 길고양이처럼 생긴 길고양이여서, 몇몇 사람들은 밤에 나를 마주치면 재수 없다는 듯한 표정으로 발걸음을 서두르기도 합니다. 몸뚱이가 온통 시커멓고 네 발에만 흰 털이 찔끔 나 있어서, 밤에 마주치면 노란 눈과 흰 네 개의 발만 둥둥 떠 있는 것처럼 보이거든요.

아, 말씀드리는 순간, 저 멀리에서 작은 빛 두 개가 번쩍이는 게 보이네요. 동족입니다. 비교적 좁은 동네이다 보니, 가끔 저와 같은 신세의 길고양이들을 마주칠 때가 있습니다. 몇몇 녀석들은 한두 번 마주치는 것도 아니라서, 친숙한 느낌이 들기까지 합니다.

자신을 보살펴 줄 사람을 찾는, 그리고 그런 행복한 상상을 할 때마다 눈을 지그시 감는 고양이는 주로 돌담 위에 앉아서 시간을 보냅니다. 심야 데이트를 즐기는 노부부를 관찰하는 것이 취미인 고양이도 있습니다. 꼬리가 한 뼘쯤은 잘려 나간 골목대장 고양이는 성격이 까칠하기로 유명해서, 웬만하면 마주치고 싶지 않아요. 아무렇게나 버려진 녹색 소파를 아주 아끼는 녀석이죠. 뭐가 그렇게 슬픈지 자주 소리 내며 우는 고양이는 마주칠 때마다 기분이 좋지 않아요. 덩달아 슬퍼지는 기분이랄까. 뒷다리를 절며 걸어 다녀서 측은해지기도 하고.

　우리에겐 웬만해선 동족끼리 어울리지 않는 버릇이 있습니다. 그 이유는 알 수 없지만, 어쩐지 내키지 않아요. 각각의 라이프스타일이 너무도 확고하기 때문일까요? 지금처럼 가끔 길에서 마주치면, 눈을 두 번쯤 천천히 감아 인사를 주고받는 게 고작입니다.

나는 어떤 길고양이냐고요? 음⋯⋯. 한마디로 말하자면, '관찰자' 정도라고 말할 수 있겠네요. 무엇이든 빤히 바라보는 습관이 있습니다. 어쩌면 무언가를 찾고 있는 건지도 모르겠어요, 찾고 있는 게 뭔지는 저도 잘 모르겠지만요. 매일 밤 외로움에 떨기도 하고, 매일 아침 작은 희망을 품기도 합니다. 나름대로 진지한 태도로 세상을 살아가고, 자주 추억에 젖기도 해요. 어쩌면 조금은 피곤한 타입일까요?

다사다난한 삶을 살아왔고, 그것들을 꿋꿋이 견뎌 왔습니다. 외로움 역시 여차여차 잘 견디고 있는 것 같긴 한데, 요즘은 점점 더 외로워져서, 나약한 모습을 보이는 일이 잦아졌어요. 고민입니다. 누군가가 조금만 주의 깊게 나를 쳐다봐도, '혹시 나를 키워 주려는 건가?' 싶은 생각을 해 버리니까요.

가끔은 그렇게 나 같은 길고양이들을 아주 차분히 예

의 주시하는 인간이 있습니다. 그들은 우리를 관찰하는 것 같습니다. 내가 그들을 관찰하는 것을 즐기듯이요. 그 관찰을 통해 그들이 얻는 게 무엇인지, 우리의 모습을 통해 과거를 회상하는지, 아니면 새로이 느끼는 것이 있는지는 잘 모르겠습니다. 어쩌면 우리의 모습을 기억해 뒀다가 그것으로 그림을 그리는지도, 글을 쓰는 건지도 모르는 일입니다.

　이것은 그들에 관한 이야기입니다. 어쩌면 그들도 나를 관찰하며 어떤 이야기를 적고 있을 수도 있겠습니다.

시선으로부터

 기억으로부터

알맹이로부터

시선으로부터

고양이의 시선

고양이는 어디든 갑니다.

잘 닦인 평지를 걷기도 하지만, 때로는 좁거나 더러운 길, 마을 뒷산의 숲길, 여러 펜스에 난 작은 구멍을 오가고, 기찻길 옆에 작게 난 웅덩이를 건너기도 합니다. 거침없이 이곳저곳을 오가는 것을 보니, 온통 새까만 와중에 유독 흰 네 개의 발은 아마 장화 비슷한 것인가 봅니다.

녀석이 낮고도 조용하며 고고한 시선으로 누군가를 바라봅니다. 설렘과 불안이 묘하게 섞인 것 같은, 떨림으로 이루어졌다고 표현할 수밖에 없는 눈빛입니다.

경계의 뜻일 수도 있겠지만, 그 두 개의 눈에는 묘한 호기심과 관심과 진심이 담겨 있는 것만 같습니다. 어쩌면 시선의 안에 그 누군가를 깊숙이 담고 싶은 건지도 모르겠습니다.

낡은

나는 당신이 하얗고 깨끗한 손으로 낡은 코트를 더듬어, 곳곳이 해진 지갑을 꺼내는 것을 바라봅니다.

그리고 그럴 때마다 당신의 아날로그가 되는 상상을 합니다. 세월과 함께 당신의 곁에서 낡아간다는 것, 그보다 호화로운 일이 과연 있을까 곰곰이 생각하면서요.

나는 언제쯤 당신에게 익숙한 존재가 되나요, 우리는 아직 서로에게 너무도 타인입니다.

썩는 것과 길드는 것은 한 끗 차이라, 나는 오늘도 생선을 굽듯 자주자주 속을 뒤집고 당신의 소식들을 뒤적입니다. 심지어 당신이 오래전 앓았던 감기를 이제야 걱정해보기도 합니다. 아주 아프셨을까요, 너무도 낡은 나의 걱정이 낙엽처럼 바스러집니다.

하지만 혹여 이 뒤늦은 애정에 대해 당신이 불씨 같은 미소로 대답해 주신다면, 나는 한껏 바스러지고 건조해진 마음들을 불태울 수도 있습니다.

설렘이 활활 요동치면 겨울의 길고양이처럼 몸을 녹일 겁니다. 지그시 눈을 감을 겁니다.

어설픈 글솜씨

진실로 누구인지도, 지금 어디쯤에 있는지도 잘 모르는 당신에게 나는 말을 걸고 있다. 오늘은 라디오를 듣다가 잠깐 낮잠을 잤는데, 낮잠에서 깰 때쯤엔 리드미컬한 베이스 소리가 두드러지는 제목 모를 음악이 들려오고 있었고, 어째선지 어느 화창한 한낮의 운동장에 스프링클러가 물을 뿌리고 있는 장면이 불현듯 떠올랐다고. 그리고 또 올해 초에 오사카 지역으로 여행을 갔었던 때도 문득 떠올랐다고. 여행 둘째 날에 갔던 온천은 옥상을 노천탕으로 쓰고 있었고, 밤하늘이 적당히 어스름한데다가 공항 주변이었는지 몇 분에 한 대씩 비행기가 아주 가깝게 지나가는 모습이 썩 보기 좋았다고 말한다. 대답이 오든 말든, 지금 나는 당신에게 그렇게 말하고 있다. 그리고 지금은 비가 그쳐가는 바깥이 제법 선선한 것 같다고도 말한다.

그러니까 이게 무슨 말이냐 하면, 당신과 함께 있고 싶다는 말이다. 이야기를 나누고 싶다는 말이다.

미술이나 영화, 사진과 같은 예술 분야의 표현들은 어느 정도는 예술가가 의도한 대로 무사히 눈을 통과해 마음이라는 과녁에 박힌다. 그러나 글이라는 분야의 표현은 일종의 차원적 제약을 받을 수밖에 없다. 작가가 시위를 당긴 뒤 놓아서 쏘아진 글은 활자의 모양으로 독자의 눈을 향해 날아간다. 그리고 독자들은 나름대로의 상상이라는 필터링을 통해 마음의 과녁에 그것들을 받아들인다. 그래서 글쓴이의 모든 의도가 무사히 전달되는 것은 사실상 불가능하다. 개개인의 상상이라는 필터링 때문에.

오늘 내가 떠올린 한낮의 운동장은 '짙푸른 잔디들'이 빽빽이 심어진 곳이었고, 문득 추억한 오사카의 노천탕은 하나의 큰 탕이 아닌 개인용 나무 욕조들이 늘어서 있는 곳이었다. 그렇지만 당신이 상상하는 한낮의 운동장은 스프링클러가 '흙바닥을' 적시는 모래 운동장일 수도 있고, 노천탕 역시 개인용 욕조가 아닌 하나의 큰 탕으로 설계된 곳일 수도 있을 것이다. 내가 말하고 있는 것들과 확연히 다를 수도 있겠다는 말이다.

그렇지만 나는 상관없다고 생각한다.

표현하고자 했던 것들이 그대로 전달되지 못하는 것은 어쩌면 오롯이 글쓴이가 미숙한 탓이다. 그렇지만 워낙 말수가 없는 나일지라도 자꾸만 떠들어대고 싶어지는, 내가 생각한 좋은 것들과 경험했던 좋은 곳들을 함께 나누고만 싶어지는 당신의 앞이라면, 나는 나의 이 미숙함마저도 사랑하게 될 것 같다는 말이다.

"아, 스프링클러가 자작자작 흙바닥을 적시는 모래 운동장이라니. 얼마나 독창적인지!"

라면서, 나와는 다른 방식의 상상을 아무렇지도 않게, 쉬이 아름답게 해 버리는 이 멋진 사람의 존재에 대해 감탄하는 것. 나는 왠지 당신 앞에선 미숙한 글쓰기만을 골라서 하고 싶다. 매끄러운 구석이 없이 어색하게만 말하고 싶다. 그리고 당신은 그런 나를 웃으며 바보처럼 여겨 줬으면 좋겠다. 느낀 점을 새로이 말해 줬으면 좋겠다. 아, 그건 그대로 또 얼마나 독창적일지.

당신과 함께라면 생각의 다름도 아름다울 것만 같다.

고양이의 시선

오늘도 어김없이 밤은 찾아왔습니다. 활기찼던 도시의 거리에서는 이제 버스 막차 지나가는 소리만 울려 퍼집니다. 이제 이곳에는 몇몇 취객과 연인들, 그리고 한 마리의 고양이뿐입니다. 나름의 사연이 있는 존재들만이 거리를 밝히고 있을 뿐이라는 말입니다.

어떤 사연을 지니셨습니까, 어떤 로맨스를 겪고 있나요.

두 개의 고요한 눈이 당신들을 살펴봅니다. 혹시라도 영원이랄지, 사랑이랄지, 그런 소중한 것들을 찾을 수도 있지 않을까 해서요.

영원에 가까운 사랑

술을 한잔하고 느지막이 집으로 향하던 중이었다.

내가 사는 아파트 단지 안에는 작은 광장이 하나 있는데, 그 광장은 다섯 개 정도의 벤치가 작은 분수대를 반원 형태로 감싸고 있는 작은 형태로, 사실은 광장이라기 보단 공터에 가까운 규모였다. 나는 취기가 적당히 오른 느릿느릿한 걸음으로 그곳을 거닐고 있었다. 그러던 중 나는 문득 광장 한구석에서 인기척을 느꼈다. 술기운이 퍼뜩 날아갔고 정신이 명료해졌다. 분명 자정이 넘은 늦은 시간인데, 벤치에 누가 앉아 있을 리가.

취기가 걷힌 시선으로 조심스레 인기척이 느껴지는 쪽을 바라봤다. 그리고 그곳에는 아주 몸집이 작은 두 사람이 나란히 앉아 있는 실루엣이 있었다. 조금 더 주의 깊게 바라보니, 그 실루엣은 부부로 보이는 노인 둘의 모습이었다. 나는 무언가를 조심스레 관찰하는 고양이처럼, 가로등의 뒤에 서서 그들의 모습을 얼마간 바라보고 싶어졌다.

할아버지의 손에는 작은 빵이 하나 들려 있었다. 두 분은 그걸 나눠 드시고 있는 것 같았다. 할아버지가 느릿느릿 빵을 한 꼬집 뜯어 할머니에게 건네면, 할머니는 그것을 받아 또 느릿느릿하게 드시는 모습이었다. 두 사람은 그런 느린 템포로 빵을 나눠 먹으며, 계속해서 저 높은 허공의 어딘가를 응시하고 있었다. 나는 도대체 그 허공에 뭐가 있는지가 궁금해져, 그 방향의 허공으로 고개를 옮겼다. 그리고 그곳엔 보름달도 반달도 아닌, 어중간한 모양의 달이 떠 있었다.

사십억 년이 넘는 세월을 견뎌 왔을 달의 모습이 유난히 또렷하게 시선에 박히고 있었다. 저 달도 처음부터 저런 커다란 크레이터들을 지니진 않았겠지, 시간의 흐름과 함께 지니게 된 것이겠지. 나는 그런 생각을 하면서, 문득 '시간'의 압도적인 힘에 관해 생각했다.

이 세계의 모든 존재에게 공평하게 작용하며, 그들을 늙게 하거나 사라지게 한다. 그건 내가 그날 밤 바라본 노부부들에게도 마찬가지였을 것이다. 시간은 모두에게 공평했고, 그들의 살갗을 늙게끔 해왔다.

그렇지만 나는 또 생각했다. 시간이라는 것은, 어쩌면 '다행히도' 침투력만큼은 그다지 강하지 않은 것 같다고. 존재의 겉껍데기가 아닌 알맹이를 헤칠 정도로 강하지는 않은 것 같다고. 그렇기에 저들은 여전히 사랑하고 있는 것이라고, 비록 살갗은 늙었지만, 그 안에 수십 년 전부터 자리 잡은 사랑의 알맹이만큼은 끈질기게 버티고 있는 것이라고. 어쩌면 영원에 가까운 사랑은 저런 게 아닐까 하고.

지켜 준다는 것

금요일 퇴근길, 집에 가기 위해 909번 좌석 버스에 올라탔을 때였다. 세 자리쯤이 비어 있어 나는 냉큼 좌석에 몸을 내던졌다. 기분이 산뜻했다. 어딘가에 앉을 수 있다는 것 하나만으로 지쳤던 몸과 마음이 치유되는 기분이었다. 이제 남은 빈자리는 내 옆자리와 저 뒤뿐이었다.

　버스가 두 번쯤 더 정차했을 때였을까, 끽해야 여덟 살 정도로 보이는 어린 소년과 할머니 한 분이 버스에 올랐다. 할머니는 비어 있던 내 옆자리에 앉았고, 소년은 그분의 옆에 버티고 섰다. 키가 작아서 손잡이를 잡는 것은 무리 같았다. 할머니가 좌석의 옆으로 고개를 빼꼼 내밀어 저 뒤를 살펴보셨다. 빈자리가 있나 싶어 그러셨던 것이리라.

　"저기 뒤에 자리 하나 있네, 가서 앉아."

"아니야, 할머니 여기 앉아요. 난 그 앞에 서 있게."

소년의 말투가 제법 의젓했다.

"할머니 괜찮으니까 저기 앉아."
"할머니 옆엔 내가 있어야 해요."

나는 피식 웃을 수밖에 없었다. 조그만 녀석이, 누가
누굴 지킨다는 건지. 귀엽다는 생각에서였다. 나는 '곧
내립니다.' 라며 거짓말을 할 수밖에 없었다. 그렇게 두
자리를 마련해 줬더니, 꼬마는 배꼽에 손을 모으고 '감
사합니다.' 라고 말했다. 할머니는 '고마워요.' 라고 말씀
하셨다.

아이가 정말 예쁘게 자라고 있는 것 같았다. 버스에
탈 때보다 한결 더 크게 보이는 것 같기도 했다.

사람들은 사랑이 어디에 있는지, 굳이 먼 곳에서 찾
으려 할 때가 있다.

나란히 앉기

소주와 맥주, 주종을 막론하고, 술집을 찾는 사람들은 대개 마주 앉는 편이다. 두 사람이라면 서로를 일직선으로 바라볼 수 있게끔, 세 사람이라면 한쪽에 두 사람이, 나머지 한 사람이 맞은편에 앉곤 하는 것. 둘이서 들어와 건너편 자리를 비워 둔 채로 나란히 앉는 경우는 쉽게 찾아보기 힘들다. 보통 '술을 마신다는 것'은 곧 '대화를 나누는 것'이라고들 여기기 때문인 것 같은데, 나는 언젠가 나란히 앉아 술잔을 기울이는 연인을 본 적이 있었다.

흥미로운 모습이었다. 주변 테이블의 사람들이 그들을 어떤 시선으로 보든, 그들은 마주 앉는 것보다도 훨씬 더 가까운 눈빛의 간격으로 서로를 쳐다보고 있었고, 팔을 쭉 뻗지 않고도 서로의 잔에 술을 채워 주었다. 가끔은 안주를 서로에게 먹여 주기도 했다.

저쪽에서 이쪽으로, 또 이쪽에서 저쪽으로, 왁자지껄

한 목소리들이 허공에서 얼마간을 더 오갔고, 여전히 나란히 앉아 서로만을 바라보던 연인은 딱 앉아 있던 그 자세와 품의 간격으로, 그대로 일어나 가게를 나섰다. 그때까지도 둘 사이에는 한 뼘의 빈틈조차 없었다.

　어쩌면 손님들 중 누군가는 그들을 유난히 닭살이 돋는 연인이라고 생각하기도 했겠지만, 나는 내심 그들이 참 부러웠다. '함께 있으니 좋은 것'을 넘어, '함께 있음에도 조금이라도 더 가까워졌으면' 하는 그들의 마음이 너무나도 예쁘게 다가와서, 나도 그런 사랑을 하고 싶어서.

고양이의 시선

밤이 깊었고, 이제 낮은 시선으로 들어오는 것은 아무것도 없습니다. 다급하고도 소란스러웠던 버스 막차의 소리도 온데간데없습니다. 철저히 혼자만의 시간이 된 것입니다.

우주의 어떤 것이든, 그것의 정도가 깊어지면 가혹해지기 마련입니다. 그건 밤이라는 것 역시 마찬가지입니다. 아니, 어쩌면 더 유별날까요.

얼어붙을 듯 쓸쓸하고도 쌀쌀한 새벽에, 아무 소리도 남지 않는 새벽에, 아무런 움직임도 없는 허공을 바라봅니다.

혼자일까요, 혼자로군요, 혼자입니다.

앵무새 이야기

몇 년을 함께 살았는데도 여전히 말을 못하는 앵무새와 함께 살고 있다. 조그마한 노란 앵무새.

나는 가끔 녀석이 불쌍하다고 생각한다. 녀석은 거울 같은 것, 그러니까 반짝거리고 자신의 색과 모양이 조금이라도 반사되어 보이는 것들을 좋아한다. 좋아하다 못해 사랑하는 것 같기도 하다. 그러한 물건에 가슴팍을 바짝 붙이고는 한참을 떠들곤 하니까. 처음엔 그저 그런 것들에 비치는 자신의 모습이 신기하고 재밌어서 그러는 것이라고 생각했다. 그렇지만 그런 모습들을 오랫동안 지켜보다 보니, 어쩌면 '자신과 비슷한 존재가 그 안에 있어서, 이 집에서 혼자 앵무새로 존재하는 것은 너무도 외롭기 때문에 저러는 게 아닐까' 하는 생각이 들었다. 그 즈음부터 나는 녀석을 측은히 여겼다. 녀석은 자신과 닮은 존재를 태어나서 한 번도 본 적이 없었다. 얼마나 외로웠을까, 그리고 또 얼마나 외로운가. 녀석이 그러한 거울 같은 것에 달라붙어 놀고 있을 때, 조금이라도 가까이 다가가면 녀석은 그것을 뺏기지 않으려(어쩌면 자신과 함께 있는 자를 지키려) 공격적인 모습을 보인다, 그 작고도 괘씸하고 애처로운 몸집은, 미약한 주제에 나를 눈물짓게끔 한다.

녀석은 오늘도 서서 잠을 잔다. 천적으로부터 자신을 보호해가며 잠을 자기 위한 본능적 방어 기제 때문이라고 한다. 그렇다고 하지만, 나는 어째선지 녀석이 다른 이유로 서서 잠을 자는 것만 같다. 외롭게 다가온다.

가끔은 녀석이 나의 꿈에 나타나 뭐라 뭐라 말을 걸었다. 알아들을 수 없는 말들이었고, 잠에서 깼을 때는 더욱더 기억할 수 없는 말들이었다.

녀석이 애처롭다.

11월

11월이었다. 그리고 겨울이 짙어져갈 무렵의 길고양이는 한겨울의 그것보다도 더 춥고 위태로워 보였다. 꼬리가 한 뼘만큼은 잘려 버린, 짧은 꼬리의 길고양이였다.

녀석은 자신에게는 아무런 문제도 없다는 듯 흔들림 없는 눈빛으로 도도하게 앉아 있었다. 하지만 그에 비해 잔뜩 곤두선 털들은, 점점 더 짙어져가는 겨울을 두려워하는 듯 몹시 춥게만 보였다. 길 한구석에 곳곳이 다 터진 채 버려진 소파는 언젠가부터 그 고양이의 지정석이었다.

내게 있어 '소파 위의 고양이'는 어느새 출근길의 익숙한 장면들 중 하나가 됐고, 무심코 시선을 옮긴 곳에 그것이 앉아 있지 않는 날이면 어딘지 모르게 허전한 느낌이 들 정도로 친밀해졌다. 나는 그런 날이면 '아, 드디어 녀석이 굶어 죽어 버렸구나. 아니면 때 이르게 얼어

죽은 건가.' 하고 마음대로 걱정하곤 했었다. 그러나 고양이는 놀랍게도 잘 버티고 살아 주어, 다음 날이면 '내가 누군데, 나는 절대 어느 것에도 지지 않아.' 라고 말하는 것만 같은 눈빛과 표정으로 소파 위에 앉아 있었다.

"이제 나한텐 보통의 연애 같은 건 맞지 않아. 글쎄, 너랑 연애할 때랑은 꽤 다르게 돼 버린 거지."

한때 연인이었던, 이제는 다른 남자를 만나고 있는 사람에게, 나는 언젠가 그렇게 말했었다. 내 말을 들은 그 사람은,

"그러게, 넌 아마 앞으로도 평생 연애 못 해. 혼자 살다 죽어 버릴 걸."

하고, 농담 아닌 농담으로 답했고, 우리는 실없이 웃었다. 대화는 안정적이었고, 주고받은 짓궂은 농담들도 무엇 하나 마음에 가시처럼 걸리지 않았다. 응, 정말. 이렇게 혼자인 상태로 살다가 죽음을 맞는 것이 아예 터무니없는 이야기 같지도 않아서. 나는 진심을 담아 마음껏 웃을 수 있었다.

언제부터였을까, 나는 때때로 '벗어나는 꿈'을 꾸어 왔다. 말 그대로 벗어나는 꿈이었다. 타고 있는 기차가 철로를 이탈하거나, 달리는 버스에서 나의 몸만 튕겨 날아가는 꿈 따위였다. 나는 그렇게 '벗어나는 꿈'을 꿀 때면, 시름시름 앓는 소리를 내며 잠에서 깨곤 했었다. 미쳐서 죽을 만큼 불안감에 휩싸이게 되는 꿈들. 가끔 꿈에서 깼을 때는 눈물이 흐르고 있었다.

어느 날 보일러가 꺼진 방에서, 너무도 추워진 탓에 잠들어 있던 몸을 일으켰을 때였다. 조금씩 날이 추워지는 것 같았다. 그리고 문득 이불의 색이 출근길의 낡아 빠진 소파의 그것과 닮았다고 생각했다. 무르익는 밤과, 가루약처럼 녹아든 잠과, 겁이 가득한 꿈과, 외로움과, 때 이른 싸늘함이 가득한 아침은 그렇게 며칠이고 계속해서 흐르고 있었다. 대단할 것도 없는 흔하디흔한 외로움에선 잔잔한 느낌마저 풍겨져 나오고 있었다.

내 주변의 흔하디흔한 보통의 연애들은, 그들만의 궤도로 서로를 끌어당기며 춤추고 있었다. 그들은 서로의 팔이며 몸통을 붙잡고 빙글빙글 돌고 있었는데, 흑백 영화 속의 무도회 장면처럼 그들은 그들 나름의 호흡을 나누며 그들 나름의 왈츠를 추고 있었다.

나는 술과 음식을 나르는 하인처럼 혼자 덩그러니 서

서 그들의 행복을 빤히 바라보았다. 그들의 눈망울과 입가에는 생기가 가득했고, 사랑의 말과 시선들이 끊임없이 오갔다. 확실히 그런 것들은 나의 표정에선 찾아볼 수 없는 것들이었지만, 나는 그럴수록 괜찮은 척, 춤추는 연인들의 발만을 보려 애써야만 했다. 분명히 저들 중 몇몇은 발을 헛디뎌 날아가 버릴 거야, 서로의 팔도 품도 다 놓쳐 버리고 말이야. 그래, 마치 철로를 이탈한 기차처럼 말이야.

그렇지만 그들은 그들만의 호흡으로, 스텝으로, 안전하게, 계속 빙글빙글 춤을 췄다.

문득 나의 불순한 시선이 추운 내색을 애써 하지 않는 고양이의 시선과 많이 닮아 있단 것을 깨달았다. 그리곤 이내 추한 것투성이인 나 스스로가, 고양이의 잘려 나간 꼬리만큼이나 형편없이 여겨지는 것이었다. 머리털이 겨울 길고양이의 털처럼 곤두서는 것만 같았다.

오늘도 달력은 겨울을 향해 한 걸음을 더 걸었다.

어린이들의 돌팔매질과 어떤 취객의 구둣발은 출근길의 낡아 빠진 소파를 하루하루 더 부숴갈 것이고, 언젠가 소파는 흔적도 없이 사라져 버릴 것이었다. 겨울도 곧 만개할 것이었다. 그리고 활짝 핀 눈꽃들은 소복소복

쌓여, 짧은 꼬리의 고양이를 삼켜 버릴지도 모른다. 하루아침에 소파를 잃은 고양이는 아무렇지도 않다는 듯 고고한 눈빛을 지닌 상태로, 그렇게 추위 속에서 죽음을 맞을지도 모를 일이다.

가끔 스치는, '나도 보통의 연애를 하고 싶다'는 바람들은, 괜찮은 척하면서도 어쩔 수 없이 곤두서는 '고양이의 탈'과 같은 것일지도 모른다. 괜찮은 척 농담 삼아 외로움들을 다루다가도, 어느 순간 그것에 삼켜져 죽음을 맞을지도 모른다.

오늘 밤도 나는 딱 길고양이만큼 외롭고, 잠자리에 들면 또 어디론가 튕겨 나가는 꿈을 꿀 것만 같다.

어쩌면 나는 안전벨트가 필요하다.

고양이 관찰기

1. 출근길이면 마주치는 녀석이 있었다. 고양이라는 종種 전체의 특성일진 몰라도, 녀석은 어디에선가 몸을 숨기고 나를 바라보곤 했다. 내가 저 멀리에서 걸어올 때부터 말이다. 그러다가도 나와 눈이 마주치기라도 할 때면, 그(그녀인지도 모르겠다)는 새침하게 그곳을 떠 버렸다.

2. 뒷다리를 조금씩 저는 것 같았다. 나름대로 그 이유를 상상해 봤다. 어떤 큰 사고가 있었기에 다리를 저는 건지, 누가 그런 건지, 사고의 순간 어떤 생각과 비명을 질렀는지에 관해서.

3. 보통 사람들이 거리의 동물들에게 그러곤 하는 것처럼, 참치 통조림 따위를 가져다주는 일을 나는 못하겠다. 나의 배려가 그것의 고고한 자존심에 흠집을 내지는 않을까, 그게 아니면 혹시 저것의 이빨과 손톱이 내게 상처

를 주지는 않을까 하는 마음에서였다. 결국 나는 고양이
에게도 마찬가지인 것이다. 늘 그래 왔다. 무언가를 표현
하지 못하는 것은 나의 여러 장애 요소 중 하나였다.

4. 오늘은 퇴근길에도 그녀(그인지도 모르겠다)를 마주쳤
다. 반가운 마음과 슬픈 마음이 속에서 교차했다. 마치
떠나간 옛사랑들만 같아서. 오랜 그리움 뒤의 반가움 같
은 것이 끓어올라서.

5. 갈수록 뒷다리를 심하게 저는 것 같았다. 내가 상처
입힌 누군가도 마음을 절고 있을까. 치유되지 않고 오히
려 고통에 고통을 더하고 있는 것은 아닐까. 고독함과
죄책감을 이어 간다는 건 그런 것이다. 사소한 것에도
의미 부여를 해 버리니 원.

6. 한산한 시간 산책을 할 때는 고양이를 볼 수 없었다.
먹잇감을 구하러 간 거였을까. 언젠가 빨간 고기 조각을
씹고 있던 모습이 떠올랐다. 정체 모를 고기였는데, 그
것에선 빨간 핏물이 뚝뚝 떨어지고 있었다. 나는 못 볼
것을 본 것처럼 시선을 거뒀다. 바라보는 것만으로도 그
의 식사 시간을 방해하는 것만 같은 기분이었다. 퇴근길

엔 비가 내렸다.

7. 사실 그런 것이다. 아름답기만한 존재는 없다. 나는 누군가에겐 고양이, 누군가에겐 빨간 고기였다. 사랑과 관계에 있어 항상 아름다울 수만은 없는 것. 때로는 추하거나 잔인한 면면도 서로가 공유해야 했었다. 너 역시 그랬다. 고양이기도 했고, 고기 조각이기도 했다.

8. 가끔은 침대에 누워 있을 때도 고양이 울음소리를 들을 수 있었다. 신생아의 울음 같기도, 아담한 체형을 지닌 여성의 울음 같기도 했다. 물론 출퇴근길의 그 녀석이 아닐 수도 있었겠다. 하지만 울음소리의 그 모호한 출처, 그것 역시 그리움 같았다. 같이 나눠 먹었던 음식 같은 것에서도 뜬금없이 누군가를 떠올리곤 하는 것처럼. 사람은 뜬금없는 것과 타이밍에 무언가를 그리워한다. 거리에선 가끔 쟌느라는 향수의 냄새를 맡을 수 있었다.

9. 동네 2차선 도로에선 간혹 차들이 급정거하며 경적을 울렸다. 나는 일상의 그런 흔한 긴박함 속에서도 고양이를 걱정했다. 물론 재빨리 시선을 옮긴 곳에 고양이

의 사체는 없었다. 그리움은 그런 것이었다.

10. 갈수록 그 고양이를 자주 생각하게 되는 이유를 정확히 알 수는 없었다. 녀석이 뒷다리를 점점 격하게 절어서인지, 아니면 출퇴근길에서 보여 줬던 도도함 때문이었는지. 동정심 때문이었는지, 길들일 수 없다는 점 때문이었는지. 그리고 너 역시 내게 그 고양이와 같았다. 내 모든 동정심을 독식했고, 동시에 결코 가질 수 없었다.

11. 이틀이 지나도 고양이는 모습을 보이지 않았다. 죽어 버렸는지, 어디선가 앞발로만 기고 있을지 모를 일이었다. 나는 그날 마트에서 참치 통조림을 보고 눈물을 흘렸다. 점원을 마주할 엄두가 나질 않아 빈손으로 황급히 그곳을 나섰다.

12. 술 취한 밤이면 옷을 벗지 않고 그대로 침대에 누웠다. 그런 밤에는 고양이 소리는 유난히 잘 들렸다. 달려가 창문을 열지는 않았다. 그러지 못했다. 그리움이란 그런 것이었다.

필요 이상으로 두려워하는 일

가끔은 아무 일도 할 수 없게 돼 버린다.

　나는 어떤 부분에선 남들보다 훨씬 대범해서, 아무런 걱정이 없이 말하고 행동하는 편이다. 제법 먼 곳으로 무작정 떠난다거나, 타인이라면 쉽게 결정하지 못할 것들을 덥석 선택해 버리기도 하는 것. 그렇지만 또 나는 한편으로는 필요 이상으로 걱정이 많다. 아무렇지 않게 길을 걷다가도 겁에 질려버린다. 멀쩡히 차도를 오가는 차들을 보며, 어쩌면 저것들이 인도를 넘어 내게 덮쳐올지도 모른다고 상상한다. 실내에 머물고 있을 때는 내가 서 있는 건물이 무너지는 상상을 하기도 한다. 마음을 놓고 잠을 자다가도 눈을 뜨고는 지금 이 순간 죽어가고 있는 사람들의 숫자를 헤아린다.

　그럴 때면 아무것도 할 수 없는 상태가 되어 버린다. 한때는 대담하기도 했던 몸과 마음이 금세 굳어 버려 옴짝달싹 못하게 된다. 호랑이를 마주친 작은 짐승들은 호랑이가 내는 초저주파의 소리에 근육이 경직돼 몸을 움직일 수 없게 된다던데, 꼭 그런 모습이 돼 버린다.

하지만 이건 비단 목숨이 걸린 상황에만 적용시킬 수 있는 이야기가 아니다. 생과 사 외의 다른 모든 것 역시 마찬가지. 필요 이상으로 두려워하면, 아무것도 할 수 없게 된다.

아무것도 할 수 없게 되는 것, 나는 그게 제일 두렵다.

애매

애매한 계절에는 기분마저 애매해지는 걸까.

얼마 전 아파트 안 정원에 이름 모를 꽃들이 줄을 맞춰 심어졌다. 그리고 그 앞에는 '밟지 마시오. 화단 식재.' 라는 푯말도 함께 세워졌다. 아마 아파트 관리인이 심은 것 같았다. 술을 한잔하고 들어오던 어느 날 밤, 나는 그것들을 바라보며 문득 부러움을 느꼈다. 너희들은 좋겠다. 잘 자라나라고 지켜 주는 누군가(푯말 또는 경비원)가 있어서.

다음날 글을 쓰러 나가는 길, 누군가가 그 꽃들을 밟아 놓은 게 보였다. 꽃들은 제대로 개화도 하지 못한 채로 밟혀 있었다. 아이러니였다. 밟지 말라고 크게 써 붙여진 푯말이 있었음에도 결국엔 밟혀 버리다니. 어쩌면 진정한 보호가 아니었던 걸까. 어쩌면 그 푯말을 본 사람이 유독 못된 마음을 지니고 있었는지도 모르겠다. 초여름의 햇볕은 그 모습들을 어느 때보다도 선명하게 보이게끔 했다. 고화질의 고어 영화를 보면 그런 소름이 돋는 걸까, 기묘한 기분이었다. 따뜻한 햇볕과는 별개로 싸늘한 바람이 앞머리를 이리저리 흔들었다. 후드티를 한 장 챙겨 나오기를 잘했다고 생각했다. 나는 기분이 어딘지 모르게 이상해져서, 작업 장소까지 걸어서 가기로 마음먹었다.

길에서는 새들을 봤다. 개미라거나 작은 빵 부스러기 같은 것들을 쪼아 먹는 작은 새들은 날갯짓이 빨랐고, 껑충이는 걸음과 무언가를 씹는 속도 역시 놀랍도록 빨랐다. 어쩌면 그들의 시간은 다른 존재들보다 빨리 흐르는 걸지도 모른다. 또 죽음은 그들에게 얼마나 빨리 찾아오는 걸까.

호수공원 위 높은 하늘에서 간혹 커다란 새가 날아다니는 것도 볼 수 있었다. 저걸 두루미라고 불렀던가, 아니면 왜가리였던가. 나와 내 주변 사람들은 한 번도 그것의 이름을 궁금해 하지 않았고, 그건 도시 안의 다른 사람들 역시 마찬가지였다. 그렇게도 큰 새가 길거리며 나무 주변에 서 있는데도 이상함을 느끼지 않는 것이다. 큰 새 역시 사람을 그다지 두려워하지는 않는 눈치였다. 저들은 언제부터 사람을 두려워하지 않게 됐는가, 태어날 때부터? 모르는 일이었다. 이름조차 제대로 알지 못하는 새의 기질을 어떻게 알 수 있을까. 그러나 하나 확실한 건, 그들이 우리의 삶에 완전히 녹아들었다는 것이었다. 사람들은 그 큰 새들을 가여워하지 않았다. 놀라워하지도 않음이요, 귀여워하지도 않았다. 큰 새들은 그냥 큰 새인 채로, 저들의 삶은 그냥 저들의 삶대로 존재하고 있었다. 그들의 시간은 다른 존재들에게 잊힌 채로 흘러가고 있는 걸지도 모른다. 죽음을 향해 가는 그들의 시간은 또 얼마나 외롭게 흘러가게 될까.

다리를 걷다 내려다본 강가에는 오리가 떠다녔다. 나는 또 그들과 다른 새들, 그리고 개미들의 움직임을 관찰하며 걸었다. 그들은 그들의 방향대로 움직이거나 흘러갔고, 나 역시도 어디론가 걷고 있었다. 계절의 애매한 바람이 다시금 불었다. 후드티를 챙기길 잘했다고 다시금 생각했다. 돌연 얼마 전에 본 환갑을 넘겼을 초로의 아파트 경비원이 떠올랐다. 나 역시도 그렇게 늙게 될까. 그의 시간은 어떤 속도로, 그리고 어떤 방식으로 흐르고 있는 걸까. 짓밟힌 화단을 보며 그는 화를 낼 것인가, 아니면 눈물을 흘려줄 것인가. 언젠간 나도 마음속에 나의 화단을 마련할 수 있을 것인가. 누군가를 품고 지켜낼 수 있을 것인가. 만일 그 누군가를 지켜내지 못했을 때, 나는 화를 낼 것인가, 아니면 눈물을 흘릴 것인가.

　애매한 계절이 흐르고 있었다. 곧 잔인한 여름이 온
다. 다가올 여름은 누구를 데려갈 것인가. 올해의 철새
는 죽지 않고 내년에 다시 돌아올 것인가, 아니면 다른
방향으로 흘러갈까. 아무것도 알 수 있는 것은 없었다.
밤에는 봄바람인지 여름 바람인지 모를 바람이 더욱 매
섭게 불었다. 기분이 애매했다.

고양이의 시선

영원할 것만 같았던 새벽의 끝도 오기는 오는지, 일출의 어스름이 도시를 적십니다. 아침의 고요함은 새벽의 그것과는 미묘하게 다릅니다. 공기의 안아 주는 분위기, 신선한 냄새가 나는 고요함이 있습니다.

오늘 또 어떤 곳으로 가볼까요, 작디작은 심장이 떨리는 소리가 길가의 풀들을 흔듭니다.

적당

나는 따스한 대낮에 언덕 위의 작은 호수를 향해 돌팔매질을 했습니다.

경쾌한 포물선으로 날아가 가라앉는 나의 우울들.

물론 내 예전의 우울감들은 늪과도 같은 성질을 지녔기에 그것을 깔끔히 떼어 내기란 좀처럼 쉬운 일이 아니었습니다.

그때 서쪽으로부터 당신이 불어온 겁니다. 살랑거리는, 딱 그 정도 세기의 바람 같던 사람. 과격한 바람은 사물을 요란스레 흐트러뜨리기만, 또 미약한 바람은 아무런 변화도 일으키지 못했지만, 당신은 전자도 후자도 아닌 딱 살랑거리는 세기의 바람이었습니다.

가끔은 살랑인지 사랑인지 헷갈리는 어감을 지닌 사람이었습니다.

그렇게 내 우울들은 당신에 의해 응고되었고 내 손에 의해 던져졌습니다.

해가 지고 언덕을 내려갈 땐 꼭 우리가 숲의 주인이 된 것만 같아, 우리는 잠시 입도 맞추었습니다.

숲처럼 향긋한 맛을 느끼며, 당신의 침엽수림 같은 머릿결을 만지고 있자니, 나는 굳이 높은 곳에서 세상을 내려다볼 필요가 없겠다고 생각했습니다.

야경이 근사했습니다.

계절의 것들

계절의 것들에 예민한 사람들이 있다.

　그들은 계절이 변할 때 나는 특유의 냄새를 맡는 사람들이다. 겨울의 차디찬 입김이 가시기 전, 그보다 한발 앞서 착 가라앉은 환절기의 냄새를 맡는다. 풀벌레 소리가 들려오기 며칠 전의 달고 쌉싸래한 여름 냄새를 먼저 맡는다. 쇠락하는 가을이 오고 있음을 코로 예감한다.

　또한 그들은 계절의 소리를 듣는 사람들이다. 덜덜거리는 선풍기 소리, 찻잔 속의 얼음들이 녹으며 가끔씩 덜그럭거리는 소리, 한낮의 매미 소리. 귀뚜라미가 우는 소리를 듣는다. 눈 내리는 소리를 듣고 구세군 종소리와 그 옆의 군것질거리가 익는 소리를 듣는다.

　계절의 것들에 예민한 사람들, 그들은 다시 말하면 사랑이라는 감정에 민감한 사람들이다. 아니, 엄밀히는 사랑이라는 감정에 민감 '했던' 사람들이다.

　몇 해 전 사랑했던 사람과 벚꽃 구경을 했던 사람은,

몇 년째 봄으로만 일 년을 나기도 하며, 사랑에 빠져 있을 때 들었던 계절의 것들을 '가장 좋아하는 음악'으로, 그 시절의 냄새들을 '가장 좋아하는 향수'로 삼기도 한다. 그렇게라도 해야 버틸 수 있다고 말한다.

그 사람과 함께 났던 계절의 것들을 소중히 여기는 것. 그건 어쩌면 그렇게라도 해야 떠나간 사람의 빈자리가 조금이라도 채워지는 것 같아서. 허한 느낌을 조금이라도 덜 느끼고 싶어서. 그래야 살 것 같아서.

고양이의 시선

인간들은 참 분주하게 움직입니다. 새벽을 여는 빗자루 소리부터 시작해서, 검고 단정한 옷을 입은, 여러 비슷한 모습의 사람들이 역 주변을 오갑니다. 폐지를 줍는 할아버지의 발걸음은 느리고도 강한 박자로 이어집니다.

그리고 녀석의 낮은 시선은, 그 모든 이들을 숭고한 무엇이라도 바라보듯 우러러봅니다.

고양이는 쾌활한 음악이 이곳저곳에서 울려 퍼지는 상가를 가로지르고 있습니다. 어딘지 모르게 그의 걸음걸이가, 앞을 응시하는 눈빛이, 다른 때보다도 더 올곧은 것만 같습니다.

생계형 근육

가끔 거리를 걸을 때, 그리고 TV의 다큐멘터리 프로그램을 볼 때면, 심심찮게 몸을 쓰는 것을 업으로 하시는 분들을 볼 수 있습니다. 그리고 나는 그럴 때마다 감탄하게 됩니다. 그 작고 왜소한 몸에서 어떻게 그런 강한 힘이 나오는 걸까요? 그분들은 어떻게 보면 초라해 보이기까지 한 몸집으로 냉장고를 옮기고, 일격에 못을 때려 박습니다.

하루는 그 광경을 보고 여운이 너무나 강하게 남아, 아버지에게 그것에 대해 여쭤봤습니다. 아버지께서는,

"그걸 노가다 근육이라고 하는 거야. 근육의 크기는 크지 않지만, 특정 상황이나 자세에서는 누구보다도 큰 힘이 나오는 거지."

아버지는 '노가다' 라는 표현은 좋지 않은 것이기 때

문에, 생계형 근육이라고 부르는 게 좋다는 말을 덧붙이셨습니다.

아, '생계형'이라니. 그보다 숭고하고 멋지고, 단단한 말이 또 있을까요. 살아가기 위해, 살아가다 보니 생긴 단단하고 아름다운 근육들. 나는 그날 밤 잠자리에 들기 직전까지도 그 작고도 강한 근육들을 떠올렸습니다. 말의 여운이 길었습니다.

그리고 나는 어쩌면 우리 역시도 그런 생계형 근육들을 단련해가고 있는 건지도 모르겠다고 생각했습니다. 사람은 적응의 동물이라고 합니다, 어떤 삶을 영위하는 사람이든, 그 각각의 일상 속에는 일종의 루틴 같은 것이 존재할 수밖에 없습니다. 따분한 일상은 싫어 여행을 업으로 삼는 사람에게조차도, 여행의 루틴 비슷한 것이 있습니다. 그리고 그런 반복적인 삶을 지내다 보면, 반복적으로 마주치는 역경 같은 것이 생기게 마련입니다. 일상적 고독을 앓는 사람들은 종종 평소보다도 커다란 고독감을 맞닥뜨리고, 회사원은 종종 큰 실수를 저질러 귀가 따갑도록 꾸짖음을 듣습니다. 글을 쓰는 사람은 가끔 글을 쓸 수 없을 지경이 되기도 합니다. 알맹이를 소진한 작가는 지독한 슬럼프에 시달립니다. 그리고 그때마다 우리는 어마어마한 무력감을 느끼게 됩니다. 더는 앞으로 나아갈 수 없어, 더는 버틸 수 없어 좌절합니다.

그렇지만 보세요, 우리가 무너졌나요? 당장 어딘가가
고장이 난 채로 어딘가에 버려져 있나요? 아닐 겁니다.
우리는 어떻게든 역경을 이겨 내고, 계속해서 버텨 여기
까지 왔습니다. 나아가 어떤 내성이나 면역 같은 것을
겹겹이 쌓아서, 과거에 겪었던 규모의 역경들이 또다시
찾아왔을 때, 그것을 이전보다는 수월하게 극복해 낼 수
있게 됐습니다. 시련을 극복해 낼 수 있는 마음과 영혼
한구석의 '근육이' 점점 더 단단해진 겁니다.

모든 근육은 자신의 능력 이상의 운동을 함으로써 찢
어지고, 다시 아물어 더 강해집니다. 그건 비단 육체적
인 근육에만 국한되는 것이 아닐 겁니다.

오늘도 안녕하신가요, 어쩌다 보니 이곳까지 꾸역꾸
역 온 것 같은가요. 그렇다면 감사의 말을 건네 보는 것
도 좋겠습니다.

꿋꿋이 버텨 준 우리들 각각의 생계형 근육들에게요.

기억으로부터

고양이의 회상

눈앞으로 사람들이 오갈 때면, 녀석은 그들을 유심히 바라봅니다. 그들에게선 가끔 아주 작은 조각 같은 것이 떨어지기도 하거든요.

녀석은 그것들을 주워 먹습니다. 각각의 맛이 새롭습니다, 동시에 익숙합니다.

우리는 이것을 추억이라고 부릅니다.

여러 당신들이, 그의 여러 기억들의 주인이었습니다.

마음

내가 아주아주 어렸을 때, 먼 관계에 있는 누군가가 돌아가셨다.

나의 본가는 저 남쪽 끝의 섬에 있었고, 장례를 위해 그곳에 가기 위해선 기차를 타고 몇 시간, 그리고 또 배를 타고 몇 시간을 가야만 했다. 작고 어렸던 나의 몸에 뱃멀미는 너무도 가혹했고, 어머니의 품에서 정신을 잃고도 한참 뒤에서야 겨우 잠에서 깰 수 있었다.

파랗게 빛나던 바다는 어느새 검은 하늘과 경계를 구분할 수 없을 정도로 물들어 있었고, 이름과 얼굴 모를 누군가의 장례는 한창 진행되다 못해 무르익어 문전성시를 이루고 있었다. 기름진 음식과 떠드는 소리는 그곳이 초상집인지 잔칫집인지를 알 수 없게끔 했고, 베이지색 옷과 모자를 쓴 사람들이 우는 것인지 웃는 것인지조차 어린 나는 알 도리가 없었다. 그렇지만 몇몇 이들만큼은 온 힘을 다해 구석에서 울고 있었다. 나는 웃음과 울음이 공존하는 그 장소가 다른 세상인 것처럼 받아들이기 어려워져, 파란 대문 밖으로 아장아장 걸어 나갔다.

파란 대문 밖의 벽에는 읽지 못하는 한자 두 글자가 적혀 있는 등잔 같은 것이 걸려 은은한 베이지색 불빛을 태우고 있었다. 그 주변으로 모기라든지, 나방 같은 여름철 벌레들이 빙글빙글 맴돌고 있었다. 당시의 모임이 누군가가 이 세상을 떠난 후에 이루어지는 행사라는 것 정도는 어린 나도 알고 있었지만, 검은 밤바다와, 요정처럼 날아다니는 벌레들과, 동화 속에 나왔던 전등이 몹시 쓸쓸하면서도 한편으론 너무 아름다워 - 장난감이 없어도 한동안 벽돌 위에 앉아 - 멍하니 앉아 있을 수 있었다.

그날은 꿈을 꾸었다. 돌아가신 누군가가 밤바다를 향해 미소를 띠며 날아가는 것을 보는 꿈. 망자의 얼굴을 명확히는 볼 수 없었지만, 표정은 어째선지 웃고 있는 것만 같았다.

몸도 자라고 마음도 자라난 지금에 와서 생각해 보면, 나는 '마음의 다름'을 몰랐을 뿐이었던 것 같다. 모두가 슬퍼할 일이라 하여도 내가 이해를 하지 못하고 공감하지 못하면 나에겐 슬프지 않은 일 혹은 더 나아가 아름다운 일일 수도 있을 것이다.

마찬가지로 한 캔의 음료수는 누군가에겐 갈증을 해결해 줄 수 있는 하나의 수단에 그치지 않을 뿐이겠지만, 다른 누군가에겐 사랑하는 이에게 건네받은 마음 그 자체일 수도 있겠다. 500원이라든지 1,000원 따위의 가치를 지닌 게 아닌 것. 그때의 어린 나는 당시의 상황이 울어야 할 상황인 줄 몰랐던 것이고, 다만 상갓집의 대문에 설린 근조등이 너무나 아름다워 아름답다고 생각했을 뿐이다. 그 누구도 그때의 나를 구박할 순 없을 것이다.

나는 이것을 마음이라고 부른다. 어머니의 손길도, 수줍은 말 한마디도, 버려진 선물상자도, 누군가를 생각하며 쓰는 글도 각각에겐 마음이며 물질 그 이상으로 여겨질 수 있다. 마음 치고 가볍거나 의미 없는 것은 없다.

옷

추위를 참 많이 타는 사람이 있었다. 본인은 겨울에 태어났음에도 추운 건 딱 질색이라고. 나는 득의양양하게 한여름에 태어났음에도 추위에는 강한 편이라고 대답했었다, 추위를 참 많이 타던 사람. 올해에도 추위에 강한 나는 북서풍을 맞고 나서야 겨울이 왔음을 느낀다.

그렇지만 국물음식과 전기장판과 성탄절 음악과 온갖 겨울의 것들을 즐기면서도 칼칼한 목의 감각처럼 턱턱 걸리는 어떤 걱정이 있었다, 추위를 참 많이 타던 사람.

오늘은 어울리지 않게 감기를 앓으며 누워 있다, 외출복들로 온몸을 칭칭 감싸고는. 추위를 타던 사람에게 나는 왜 나의 강함만 자랑했었나. 내 가죽이 추위를 타던 사람에게 따뜻한 옷이 될 수는 없을까. 그런 생각들을 하면서, 두껍게 입어 뚱뚱해진 나는,

옷

꼭 그런 모양으로 누워 있다.

고양이의 회상

가끔은 어린아이가 길을 걷는 모습도 볼 수 있었습니다. 아이는 아장아장 천천히 걷기도 했고 때로는 중심을 잡지 못해 두 팔과 두 다리로 엎드리는 자세를 보이기도 했습니다.

고양이는 때때로 자신과 비슷한 자세를 취하는 아이를 보며 속으로 피식 웃기도 하고, 자신의 어린 시절을 회상하기도 합니다. 여러 햇살의 향기와 야생화의 향기가 코끝을 스칩니다. 어머니와 아버지의 수염, 털 색깔이 흐릿흐릿 지나가기도 했습니다. 그리웠던 여러 것늘이 공기에 섞여 있었습니다.

태어난 날을 정해봅시다

"당신이 태어났던 날, 혹시 그날의 날씨를 기억하시나요?"

누군가 내게 그런 물음을 던진 적이 있었고, 나는 그게 무슨 바보 같은 질문이냐고 대답했었다. 태어난 날을 기억하는 사람이 어디 있어요. 우리가 무슨 설화 속 인물들처럼 비범한 사람도 아니고. 그렇지만 그렇게 대답하는 동시에 나는 나의 영혼이 기억 깊은 곳으로 급격히 빨려 들어가는 것을 느꼈다. 내 태초의, 가장 오래된 기억은 과연 언제의 어떤 것이었던가에 대해서.

하얗게 눈이 내리는 날이었다. 8월 말에 태어난 나는 분명 늦여름의 습기와 약간의 바람을 가장 먼저 접했겠지만, 나의 가장 오래된 기억은 분명 눈이 내리던 어떤 날이었다. 아마 한 살, 아니면 두 살 때쯤의 겨울이었을까. 사실 그날 내가 어떤 것들을 보고 어떤 감정들을 느껐었는지, 그날 나는 무엇을 먹었고 몇 시쯤에 어떤 목소리로 울었는지와 같이 세세한 것들까지는 기억하지 못하는 것이 당연하다. 다만 눈이 펑펑 내리던 춘천의 하늘, 쌓인 눈을 헤집는 유모차 바퀴의 느낌 정도만 기억할 수 있을 뿐이다.

"엄마, 혹시 그 사진 있어요? 나 완전히 갓난아기일 때, 눈 많이 오던 날에 유모차에 앉아서 찍힌 사진."

어머니는 내 다소 뜬금없는 요청에도 오래된 앨범 하나를 꺼내 가져다주셨고, 나는 그날의 사진을 눈으로 볼 수 있었다. 두툼한 유아복을 입고 유모차에 앉아, 울음도 웃음도 없는 멍한 표정으로 카메라를 바라보고 있는 민머리의 어린아이.

그래, 어쩌면 나는 이날 태어난 것이었다. 살과 뼈로서의 사람이 아닌 기억과 정신으로서의 한 사람으로.

나의 어머니와 아버지가 도대체 어떤 마음과 이유에서 그 사진을 찍었는지는 알 수 없다. '이 사진은 왜 찍은 거예요?' 물어도 아마 당신들조차 기억을 못하실 것이다.

그렇지만 그들은 어떤 이유에서든 그때 그날의 나를

기록해 두고 싶으셨던 것이다. 기억으로 나를 낳으신 거다. 그리고 다 커버린 나도 사진을 보며, 티 없이 순수했던 때를 기억할 수 있게 된다. 얼마간 잊고 있었던 행복을 되찾은 기분이 든다.

사람은 망각의 동물이기도 하지만, 동시에 기억의 동물이다. 지금껏 나는 몇 명을 애정 어린 시선으로 바라보고, 몇 덩어리의 기억을 탄생시켰을까.

나는 나의 부모님이 나에게 그랬듯, 나 역시 내 아이의 순간순간을 기록해 두고 싶다. 훗날 내 자식의 소소한 행복을 위해서, 나아가 나의 행복을 위해서. 티 없이 순수한 순간을 기록해 주고 싶다. 그 순간을 담아 선물해 주고 싶다. 나의 부모님도 같은 마음이었을 것이다.

사람의 무게

여섯 살 때쯤이었겠다. 완만한 언덕길을 바탕으로 주택
들이 다닥다닥 붙어 있던 종암동이 나의 우주였던 때였
다. 해가 넘어가는 시간, 함께 만화 영화를 보기 위해 친
구의 집으로 달려가곤 했던 그 무렵. 밥솥을 열었을 때
치토스 과자가 꽉꽉 채워져 있기를 바랐던 나이.

　그날 동네 친구와 보았던 만화 영화의 에피소드는 다
른 날의 그것들보다도 유독 흥미진진했고, 나와 나의
친구는 '우리도 모험을 떠나 보자!' 라고 뜻을 한데 모
았다. 그리곤 곧바로 유치원의 전화번호가 적혀 있는
작은 배낭에 몇 가지의 장난감과 과자, 작은 불빛을 뿜
는 미니 랜턴을 아무렇게나 욱여넣고 나름의 모험 길에
나섰다.

　동네 언덕길의 끝에 무엇이 있는지, 그곳이 어떤 곳
이었는지를 모르고 있었기에, 우리는 그 언덕 너머를 개
척하기 위해 오르막을 걷기 시작했다. 오른 언덕길의 끝

에는 마을 뒷산이 시작되는 작은 숲이 있었고, 숲을 발견한 우리는 이미 보물 상자라도 찾아낸 듯 흥분된 마음을 감추지 못했다. 숲의 깊숙한 곳으로 계속해서 파고들어 갈 줄만 알았고, 주변의 하늘이 점점 어두워지는 것 따위에는 관심이 없었다.

하늘은 어느 시점을 기준으로 급격히 어두워졌고, 여전히 숲속을 걷고 있던 나는 덜컥 겁이 나기 시작했다. 친구의 표정에서도 나와 비슷한 두려움이 보였다. 우리는 다시 집으로 돌아가기로 마음먹었고, 걸어왔던 길의 반대쪽으로 주춤주춤 걷기 시작했다.

숲길이 끝나고 다시 콘크리트의 언덕길로 접어들었을 때쯤, 나와 친구는 이상한 목소리들이 들려오는 것을 느꼈다. 못해도 열 명은 넘는 사람들의, 일정한 주기로 무언가를 외치는 목소리였다. 그리고 언덕길을 더 내려갔을 때, 우리는 그들이 울부짖는 것이 우리의 이름임을 알 수 있었다.

그날은 날씨가 참 좋았는데, 그 목소리들만큼은 우리에게 마치 천둥소리처럼 들렸다. 찢어지는 목소리, 무거운 걱정들이 섞인 목소리였다. 어머니와 아버지, 마을 사람들의 무거운 부름이었다.

어린 날의 나는 그날을 큰 꾸짖음을 받은 날 정도로

만 기억하고 있을 뿐이었는데, 한 살 두 살 나이를 먹으면서 나는 그날의 기억으로부터 다른 깨달음을 얻을 수 있었다.

사람의 무게, 한 사람을 걱정하거나 찾아 헤매는 마음은, 날씨가 아무리 맑을지라도 천둥 같은 목소리처럼 물리적으로 다가오거나 다가갈 수 있다는 것.

그때의 그것들만큼 커다랗고 무거운 목소리는 좀처럼 다시 들을 수 없었다.

분해되지 않는 쓰레기

지구가 아픈 것은 하루 이틀 일이 아니다.

땅에 파묻힌 담배꽁초는 자연 분해되는 데에만 10년에서 15년이 걸리고, 일반적인 플라스틱 제품들이 분해되는 데는 최대 1000년이 걸린다. 나아가 유리로 된 제품들은 분해되는 데에는 백만 년도 넘는 긴 시간이 필요하다고 한다.

1995년쯤이었을까, 내가 한창 유치원에 다니고 있을 때였다. 당시 나는 편식이 심한 어린이였다. 그리고 그 사실이 다른 어떤 어른에겐 몹시 못 미덥게 보였었나 보다. 유치원에서는 학급(반이라고 해야 하나)별로 나뉘어 급식을 먹곤 했었는데, 그날은 하필 내가 먹지 못하는 깍두기가 식단에 있는 날이었다. 다른 친구들은 쌀알 한 톨도 남기지 않고 식판을 비웠지만 나는 그러지 못했다. 깍두기가 배급받은 그대로 식판에 남아 있었다. 일은 그때 터졌다.

몸집이 나보다 두세 배는 됐던 여교사가 나를 밀어붙였다. 나는 날아가듯 벽에 부딪혀서, 잠깐 숨을 쉬지 못했다. 그리고 그녀는 막무가내로 식판에 남아 있던 깍두기들을 집어 나의 입안에 욱여넣기 시작했다. 나는 토악질이 올라와서 발버둥을 쳤지만, 그녀는 아랑곳하지 않고 하던 일을 계속했다.

나는 결국 깍두기들을 목 너머로 삼켜 내지 못했다. 그 역겨운 것들을 입에 물고 집으로 돌아가는 길, 나는 혹여 어머니가 나를 걱정하거나 혼내시지 않을까 하는 마음에 집 앞에 그것들을 뱉어 냈고, 아무렇지 않은 척 집으로 들어갔었다. 수십 년이 흐른 지금에 와서도, 나는 깍두기를 잘 먹지 못한다.

시간이 흘러 2015년이 됐을 때쯤, 나는 텔레비전 뉴스를 보다 헛구역질을 했다. CCTV 영상 속에서는 한 여자가 팔을 휘둘렀고, 그 팔에 맞은 어린아이는 너무나도 가볍게 날아가 패대기쳐졌다. 그날 나는 어린 날의 나를 보았다.

아무리 오랜 시간이 지나도 잘 썩지 않는 쓰레기가 있다. 사라지지 않는 죄악이 많다.

아이들이 아프다, 이것 역시 하루 이틀 일이 아니다.

외식

사람들은 어느 순간에 신이 존재한다고 믿을까? 나는 너무나도 어렸던 어느 날, 너무나도 큰 충격을 받았던 어느 날, 신은 정말 어딘가에 존재하는 게 아닐까 생각했었다.

아버지와 어머니 그리고 나, 셋이 단칸방에 살았던 때가 있었다. 단칸방이 다닥다닥 모여 있는 다세대 주택 건물이었는데, 혼자 사는 사람도, 좀처럼 집 밖으로 나오지 않는 사람도, 수상해 보이는 사람도 살았던 어딘지 모르게 신비로운 건물이었다. 그런 곳에 살 정도로 당시 우리 가족의 형편은 넉넉지 않았다. 외식은 꿈도 못 꾸는 상황이었다.

어느 날이었다. 무슨 바람이 불어서인지 아버지께서 고기를 먹으러 가자고 말씀하셨다. 나는 오늘날에 와서도, 당신께서 도대체 왜 '그날따라' 고기를 먹자고 말씀을 하셨는지 알지 못하지만, 어리고 아무것도 몰랐던 어린 나는 그저 외식하러 간다는 사실이 신나서 방방 뛰기만 했었다.

돼지갈비를 배불리 먹고 오르는 길(집은 '당연히' 가파른 언덕 위에 있었다), 우리 세 가족은 저 멀리에서 검은 연기가 치솟고 있는 것을 동시에 목격했다. 위치가 우리 집과 꽤 가까운 것 같았다. 아닌 게 아니라 연기의 근원지는 바로 우리가 살고 있었던 건물이었다.

커다란 폭발이었단다. 이유 모를 가스 폭발이 있었고, 당연히 그 층에 있었던 모든 것들은 녹거나 날아가 버렸다고 했다. 어린 나는 너무나 큰 충격을 받아, 한 달 동안 오줌을 제대로 누지 못했었다.

지금에 와서 생각해 보면, 참 아프면서도 신기한 일이 아닐 수 없다. 도통 하지를 않았던 외식을 왜 그날따라 하러 나갔을까. 만약 외식을 하러 나가지 않았다면 우리 가족은 어떻게 됐을까. 그건 정말로 어떤 신적인 존재의 도움이었을까.

오랜 시간이 지나고, 나의 몸집이 배로 커졌을 때, 우리 가족은 오래전 그때보다는 더 자주 고기를 먹으러 나갔다 오곤 했었다. 오래전 그날처럼, 부른 배를 두드리며, 온몸에서 고기 냄새를 풀풀 풍기며, 터덜터덜 집으로 걸어가곤 했다.

물론 폭발이 있었던 날의 두려움은 거의 다 날아가고 없었다. 다만 감사한 마음뿐이었다. 조금 더 자주 고기를 먹을 수 있어서, 조금 더 화목하게 지낼 수 있어서, 우리 셋이 무사히 살아 걷고 있을 수 있어서, 참 감사했다.

그럴 때마다 누구에게라도 감사 인사를 전하고 싶었다.

에어맥스

모든 구성원이 같은 모양과 색의 교복을 입어야만 하는 중학교라는 작은 사회에서, 각자의 개성을 드러낼 수 있는 것은 기껏해야 운동화뿐이었다.

내가 중학생이었던 그때 유행했던 운동화는 나이키의 에어맥스 시리즈였다. 투명한 밑창에 공기가 빵빵하게 들어찬 신발을 봤을 때 느꼈던 신선함을 아직도 기억한다. 학년에서 멋을 좀 낸다 하는 학생이라면 모두 그 운동화 하나쯤은 갖고 있었는데, 당시의 나는 그들처럼 되고 싶었는지 그 신발을 참 갖고 싶어 했었다.

운동화를 하나 사주셨으면 좋겠다고 부모님께 용기 내 말했던 날, 부모님은 그렇게 하자며 호기롭게 대답하셨다. 나는 신이 나서 당장 시내로 가자고 두 분을 잡아끌었고 그들은 순순히 나의 손을 잡고 집을 나섰다.

매장에 들어가서 갖고 싶었던 모델을 손가락으로 가리켰다. 나는 진열된 신발을 봤지만 부모님은 그 밑의 가격표를 바라보셨다. 그리고 몇 초 동안 정적이 흘렀던 것 같다. 어머니는 십만 원이 넘는 가격을 보시곤 다른 것들도 좀 구경해 보는 게 어떻겠냐고 말씀하셨고, 나는 이게 아니면 죽어도 안 되겠다고 생떼를 부려댔다. 결국, 내 고집을 이기지 못한 어머니는 에어맥스 운동화를 사주셨다. 나는 그 자리에서 곧바로 낡은 신발을 갈아 신었다. 집으로 돌아가는 길엔 말 그대로 공중에 떠 있는 기분이었다. 며칠이 지나고 몇 달이 지날 때까지도 나는 그 신발을 참 아꼈던 것 같다. 사실은 운동할 때 신으라고 만든 신발인데, 정작 운동을 할 땐 막 신어도 되는 신발로 갈아 신기까지 하면서.

그 뒤로 거의 십 년도 넘는 세월이 흘렀고, 버리지 않고 신발장에 넣어 두었던 에어맥스 운동화는 그만큼 오랜 시간 어두운 곳에 잠들어 있었다. 그리고 근육을 조금 만들어 보겠다고 새로 피트니스 클럽을 등록했던 어느 날, 나는 운동할 때 신을 만한 적당한 신발을 찾다가 신발장 구석의 에어맥스 운동화를 발견했다. '그래, 저게 있었지.' 의욕이 넘치는 표정으로 운동복으로 갈아 입었다. 오랜만에 에어맥스 운동화를 신었다. 그리고 곧장 러닝머신 위로 올라갔다.

삼 분쯤 뛰었을까, 나는 오른쪽 발이 너덜너덜해지는

것을 느꼈다. 곧장 머신을 정지시키고 내려와 신발을 봤는데, 운동화의 밑창이 가루처럼 부서져 떨어져 나가 있었다. 왼쪽의 밑창 역시 갈라져 있는 것을 볼 수 있었다. 나는 운동화는 오래되면, 그리고 오래도록 신지 않으면 더러 그런 모양으로 밑창이 분리된다는 걸 뒤늦게야 알았다.

문득 마음이 가루가 되어 떨어져 나간 것처럼 아파왔다. 무언가를 소중히 여겼던 그때의 나를 잃은 것만 같아서.

십만 원의 가격표 앞에서 망설였던 어머니의 마음을 잊은 것 같아서.

기대는 법

나는 고등학생이 돼서야 첫사랑을 맛봤다.

올리브색의 바람막이 재킷이 잘 어울렸고, 허리까지 내려오는 풍성한 머리카락이 보기 좋았던 여학생이었다. 어디선가 들은 바로는 평균적으로 남자들보다 여자들의 정신 연령이 세 살쯤 더 많다던데, 그건 그때의 나 역시도 마찬가지였던 것 같다. 그 아이에게 아무리 든든한 면모를 보여 주려 애써도 결국 의젓하고 성숙한 면면은 그 아이의 몫이었다. 나는 매번 그걸 느꼈음에도, 든든한 남자로 보이려 계속해서 목소리를 깔고 무게를 잡았으니까. 아마도 '외동아들은 다른 집 아이들보다 더 철이 든 모습이어야지'와 같은 마음이 있었기 때문이었을 수도 있겠다. 그렇지만 얕은 멋부림이나 진짜가 아닌 알맹이들은 쉽게 드러나곤 하는 법이어서, 나는 자주 그 아이 앞에서 꼬마 같은 모습을 보이곤 했었다. 그 날도 그랬다.

그 아이와 내가 함께 다니던 독서실은 밤 열두 시쯤 이면 작은 승합차(봉고차)로 학생들을 바래다줬었는데, 그날은 독서실 계단을 내려가는 것이 유독 무겁고 힘들었다. 머리가 핑 도는 것 같았다. 친구들은 오늘따라 안색이 좋지 않다며, 식은땀을 흘리고 있다며 나를 걱정했고, 나는 그들과 그 아이에게 듬직해 보이고픈 마음에 괜찮다고 바득바득 악을 썼다. 그 아이는 저 앞쪽에서 나를 걱정스럽게 바라보고 있었다.

차에 올라타고 나니 몸살 기운이 더욱 활개를 치는 것 같았다. 눈앞이 흐려지고 있었다. 그리고 그때, 옆에 앉아 있던 그 아이가 나의 귀에 대고 속삭였다.

"괜찮으니까 기대도 돼."

뭐가 괜찮다는 걸까. 그때의 내게 '남자가 여자에게 기댄다는 것'은 전혀 상상도 못할 일이었다. 얼마나 폼 안 나는 모양인가.

그렇지만 그 아이의 그 '괜찮다'는 말이, 그게 무슨 뜻이었던지 간에 내 마음의 버튼 하나를 눌렀었나 보다. 목소리를 들음과 동시에 그 아이의 허벅지 위로 스르르 몸이 고꾸라졌다. 잘 다린 교복 치마에서 따뜻한 향기가 올라오고 있었다. 그것만으로 병이 낫는 것 같았다. 그 날, 나는 늘 나보다 성숙했던 그녀에게서 또 한 가지를 배울 수 있었다.

기대는 법, 기대도 괜찮다고 스스로 위로하는 법을.

창밖으로 휙휙 지나가는 광경 중의 어떤 두 나무는, 비스듬히 누워 서로를 지지하고 있었다. 두꺼운 쪽이 오히려 얇은 쪽의 나무에 더 깊숙이 기대고 있는 모습 이었다.

2011년 8월 16일

훈련소에 가는 날이었다. 나는 남들보다 늦게 군대에 간
다는 막막함과 불안함에 뜬눈으로 밤을 꼬박 새웠고, 시
간이 되어 부모님과 함께 의정부 보충대로 향했다.

모든 사람에게 낯선 곳, 경험해 보지 못한 이질적인
느낌으로 운동장(연병장이라고 했다)의 분위기는 어수선했
다. 한 관계자가 환송 행사를 한 뒤 장정들의 입영 절차
가 이루어진다고 방송을 통해 알렸기 때문에, 나는 가족
들과 함께 운동장의 스탠드에 앉아 식 진행을 기다리고
있었다.

약속된 시간이 다가올 때쯤, 돌연 빗방울이 뚝뚝 떨
어져 흙바닥을 적시기 시작했다. 그리고 이내 투박한 안
내 방송이 사방에서 울려 퍼졌다.

"우천으로 인해 환송 행사는 취소되었음을 알립니다.
입영 대상 장정들께서는 신속히 전방에 보이는 강당으

로 뛰어서 입장해주시기 바랍니다! 지금 바로 입장해주
시기 바랍니다!"

운동장은 그야말로 순식간에 아수라장이 됐다. 이곳
저곳에서 마음의 준비 없이 맞게 된 이별에 울음보 터지
는 소리가 들려왔다. 나도 이상하리만치 눈물이 맺히기
시작했지만, 가까스로 참고 가족들과 아무렇지 않은 척
포옹을 나눌 수 있었다.

저 갈게요, 애써 그렇게 말하고 뒤돌아 달리기 시작
했다. 양옆, 그리고 앞으로 수많은 '빡빡이'들이 함께
달리고 있었다. 각자가 손으로 머리를 감싸 쥐고 최대한
비를 맞지 않으려 애쓰고 있었다. 나 역시 머리를 감싸
쥐고 계속해서 뜀박질을 하는데, 어딘지 모르게 느낌이
이상했다. 비를 맞는다는 느낌이 들지 않았다. 어, 이거
진짜 이상한데.

달리기를 멈추고 뒤를 돌아봤다. 눈앞에 어머니가 계
셨다. 나의 어머니가 눈물을 펑펑 쏟으며 한 손에는 우
산을 들고, 나의 뒤를 따라 뛰고 계셨다. 나는 꾹꾹 참아
왔던 눈물을 터트릴 수밖에 없었다.

그 짧은 거리, 그 짧은 시간. 어머니는 당신의 아들이
잠시라도 비를 맞는 것이 염려되어 흙바닥을 달려오셨

던 것이다.

그 짧은 시간. 그 순간은 몇 년이 지난 지금도 내 생에 가장 슬프고도 강한 영상으로 남아 있다.

고양이의 회상

'마른하늘에 날벼락'이라는 말이 있습니다. 정말로 꼭 그런 날이 있습니다. 골목의 구석에 앉거나 드러누워 햇살을 만끽하고 있는데, 누군가가 창밖으로 끼얹은 물에 온몸이 젖어 버리는 때가 그렇습니다. 뽀송뽀송했던 온몸이 축축해지고, 젖은 털끝에선 물이 뚝뚝 떨어집니다. 이보다 꼴사나운 모습도 없습니다.

녀석은 오래전의 지독했던 장마철을 떠올립니다. 꽃과 풀과 쓰레기 더미가 거칠게 날아다니고, 사방에서 빗방울이 날아와 뺨을 때렸습니다. 그럼에도 나아가야 했습니다.

그럼에도 살아야 했으니까요. 꾸역꾸역 걷다 보면 언젠간 다시 해가 뜨곤 했으니까요.

우리, 바다를 바라보며
피리를 부는 삶을 살자

흔히들 '뒤통수를 때린다.' 라는 표현을 쓸 때가 있다. 보거나 듣고 있는 것이 너무도 인상 깊거나 난생처음 접하는 것이라 멍해졌을 때 쓰는 말인데. 나는 이 뒤통수를 때리는 것들을 접하는 순간이 유난히 많다. 그만큼이나 세상에 아직 접해 보지 못한 것들이 많이 남아 있다고 낙관적으로 생각해 볼 수도 있겠지만, 일상에 영향을 줄 정도로 그것이 잦다면 말이 달라지겠다. 나는 회의나 작업의 일정이 빡빡한 와중에도, 그러니까 땀을 뻘뻘 흘리며 어딘가로 향하다가도 그런 몰입의 상태에 빠지게 될 때가 있다.

무궁화호 기차를 타고 제법 먼 곳으로 가야 하는 날이었다. 초조함을 느끼는 걸 별로 좋아하지 않기 때문에, 차 시간보다 더 일찍 역을 걷고 있었다. 기차가 들어올 때까지 대충 휘갈겨 쓰듯 메모해 두었던 수첩을 정리할 요량이었다. 대합실에서 5번 게이트로 향하는 기다란 통로를 걷는데, 문득 바깥쪽 시야에 판판하고 얄팍한 것들이 있는 것이 보였다. 걸음을 멈추고 고개를 돌려 그쪽을 바라보니, 그곳에는 여러 액자들이 이젤 같은 것(정확한 명칭은 여전히 모르겠지만) 위에 놓여 전시되어 있었다. 뒤로는 'AA대학교 중앙 사진 촬영 동아리 연례전시'라는 작은 입간판이 놓여 있었다. 사진 촬영 동아리 학생들이 찍은 사진을 인화해 긴 통로에 일렬로 늘어놓은 모양이었다.

기차 시간도 넉넉해 찬찬히 그것들을 둘러보는데, 그중 유독 마음을 동하게 하는 사진이 한 장 있었다. 끽해야 중학교 1학년생 정도로 보이는 소년의 뒷모습이었다. 소년은 리코더로 보이는 악기를 연주하고 있었다. 중요한 것은 배경이 바닷가라는 점이었다. 소년은 배 한 척 갈매기 한 마리 보이지 않는 넓은 바다를 바라보며 피리를 불고 있었다. 소년의 옆으로는 어머니로 보이는 사람이 박수를 치는 동작을 취하고 있었다.

그 투박하면서도 던지는 메시지가 모호한 사진이 어째서 그토록 내 마음에 걸렸던 걸까. 나는 한참을 그 사진을 바라보며 서 있었고, 그 때문에 하마터면 기차를 놓칠 뻔했다. 급하게 기차에 올라 창밖을 바라보면서도 그 사진을 생각했다. 그리고 아차 싶었다. 너무도 급하게 오느라 사진 한 장도 찍지 못했고, 메모 한 조각도 쓰지 못한 것이었다.

왜 나는 조금 전의 그 사진을 그토록 깊게 바라봤던 걸까. 소년은 왜 망망대해를 바라보며 피리를 불고 있었을까. 하찮고도 작은 피리 소리가 바다의 부서지는 소리에 묻히진 않았을까. 그런 소년을 뒤에서 비스듬히 바라보며 박수를 쳐주던 중년 여성의 마음은 어땠을까. 그 궁금증들은 후로도 제법 오래 사라지지 않았고, 지금에와서도 나는 그럴 법한 해답을 찾지 못했다. 다만 하나확실해진 것은, 그런 모습으로 삶을 살아가고 싶다는 마음을 얻게 되었다는 것이다.

분명한 방향을 향해 서서 무언가를 할 것. 또는 그런 사람이 주변에 있다면 진심 어린 박수를 쳐줄 것.

먼바다는 텅 비어, 시선이 닿는 곳엔 걸리는 것도 없겠지만, 우리는 우리의 목소리를 낼 줄 아는 사람으로 살아가야겠다. 혹 주변의 누군가가 그런 삶을 살고 있거나 시작했다면, 나란히 서서 박수를 쳐줄 수 있는 사람이 되어야겠다. 그 삶이 꿈을 바라보는 삶이든, 사람을 바라보는 삶이든, 그건 각각의 나름대로 멋지고도 당당한 삶일 테니까.

당신이 앉았던 자리

서른 가까운 나이가 돼서야 조금씩 커피 맛을 알 수 있게 됐다. 이 커피는 산미가 있어서 좋고, 저 커피는 쓴맛이 적절해서 좋다는 걸 알게 된 것, 또한 우유 거품이 이만큼 들어가면 카페 라테, 저만큼 들어가면 카푸치노라고 부른다는 걸 알게 된 것. 초등학교에 다닐 무렵 이 세상의 커피는 갈색의 달콤한 커피와 검은색의 블랙커피만으로 나눠지는 것으로 알았던 것에 비하면 장족의 발전을 이룬 셈이다.

스물을 갓 넘겼을 때를 기억한다. 아메리카노라는 커피, 그리고 카페 라테라는 커피(우유가 들어간 커피라고만 인식하고 있었다) 정도는 알게 됐을 때였다. 하지만 동시에 세상의 모든 '어른의 것들'은 여전히 내게는 이질적이기만 했을 때였다. 그리고 한창 사랑을 하고 있었을 때였다. 그때의 나는 줄곧 경기도에 살고 있었다. 하루는 당시의 애인이 인사동 데이트를 하자고 그렇게도 애걸

복걸을 하였고, 나는 그러자고 말한 뒤 서둘러 안국 방향으로 가는 전철에 올라탔다.

모든 것이 새로웠다. 가게마다 여러 작고 예쁜 것들을 파는 쌈지길의 진풍경, 이곳이 한국이 맞는지 싶을 정도로 많았던 외국인들, 온갖 신식의 찻집들까지, 전통차를 슬러시의 형태로 파는 것을 보는 것은 처음이었다. 애인과 나는 탑골 공원을 걸었고 그 주변 골목에서 생선구이 정식을 먹었다. 그리고 해가 져갈 무렵 다시 인사동 거리를 걸었다. 배가 부르니 목이 말랐다. 호기롭게 커피나 한 잔 하자고 말했다.

갤러리와 카페를 겸하는 건물이었다. 애인이 '사이공 라테'라는 것을 마시자고 말했다. 나는 베트남 지방에서 난 원두로 만든 커피이리라 짐작하고는 그저 알겠다고 대답했다. 묘한 커피였다. 지금껏 마셔 왔던 카페 라테와는 미묘하게 다른 맛과 향이 느껴졌다. 하지만 딱 거기까지였다. 어딘지 모르게 묘하다고만 생각했을 뿐. 나는 여전히 커피 맛에는 조예가 깊지 못한 어린 소년이었고, 애인은 이미 사이공 라테를 온전히 즐길 줄 아는 성숙한 여자였다. 그 성숙함의 차이를 극복하지 못해서였을까, 우리는 얼마 못 가 이별을 맞았다. 애틋하지만 애틋하기만 했고, 깊어지지 못해 쉽게 갈라지는 관계였다.

몇 년이 지나 홀로 커피를 마시러 다니는 것을 즐기게 됐을 때쯤이었다. 홍대나 이태원, 강남 쪽만 전전하던 중, 문득 인사동 방향이 궁금해졌다. 어쩌면 그날의 놀랍고도 새로운 경험들이 그리워서였는지도 모르겠다. 여전히 신비로울지, 외국인들이 넘쳐나고 있을지, 사이공 라테를 팔던 카페는 여전한지와 같은 궁금증들. 햄버거로 끼니를 때우고는 곧바로 기억을 더듬으며 걸었다. 이쯤인가 싶은 골목에는 아무런 가게도 없었고, 그렇게 두어 번쯤 골목을 두리번거리다 결국 그날의 그 카페를 찾을 수 있었다.

카페는 그대로였다. 사이공 라테가 포함된 메뉴판도 그대로였다. 나는 다시금 그날의 호기로움으로 사이공 라테를 주문했고, 또 한 번 기억을 더듬어 그날 앉았던 자리로 향했다. 그리고 내가 앉았던 자리가 아닌, 나의 애인이 앉았던 자리에 앉고 싶다고 생각했다. 어쩌면 그날 내가 앉은 쪽을 바라보았던 그 사람의 시선이 궁금해서였겠다.

그런데 어딘지 모르게 이상했다. 의자는 도통 마음 편히, 그러니까 안락함을 느낄 수 없을 정도로 삐걱거리고 있었다. 한쪽 다리의 나뭇결이 틀어진 건지, 아니면 마감 부분이 떨어져 나간 건지는 알 수 없었다. 의자는

조금만 몸의 중심을 움직여도 이쪽에서 저쪽으로, 저쪽
에서 이쪽으로 흔들리고 있었다.

혹시 싶어 물어봤다. 카운터 쪽으로 걸어가서 말이다.

"사장님, 정말 궁금해서 여쭙는 건데요. 저 의자, 원
래부터 삐걱댔던 건가요? 원래부터라면 언제부터 삐걱
거리기 시작했나요?"

사장님이 멋쩍어하며 입을 뗐다. 그렇다고, 원래부
터, 그러니까 이 카페의 문을 처음 열었을 때부터 그 의
자는 삐걱거렸다고. 그럼에도 줄곧 그 자리에 있어 왔던
거라고.

한동안은 말을 잇지 못했다. 몇 년 전 그때의 그 작은
배려, 커피가 묘하게 맛있다며 실없이 웃던 나를 앞에
두고, 분위기를 망치기 싫어, 혹은 내가 그 테이블을 유
난히 좋아하는 것만 같아서 아무 말 없이 가만히 있었던
그 작은 배려가, 그제야 크게 다가왔다.

나이가 서른에 가까워지고 있다. 하지만 몇 년 전의
그 사람은, 그때 이미 지금의 나보다 성숙한 시간을 보
내고 있었다. 성숙한 사랑을 내게 주고 있었다.

분리의 순간들

1

내가 초등학교에 갓 입학했을 무렵이었다. 어머니는 나를 학교에 바래다줄 때마다, 지금은 쉽게 찾아볼 수 없는 동네 빵집에서 주황색 빵 한 조각을 사 주시곤 했었다. 그것은 어른 손가락 두 개 크기 정도의 작은 빵으로, 도대체 무엇이 들어갔기에 그토록 맛있는지를 어린 나는 늘 궁금해 했었다. 작은 손으로 얼굴을 문지르던 세수와 양말 신기는 매일의 소풍 준비였고, 그 조그만 주황색 빵은 매일의 하이라이트였다.

2학년 여름쯤이었을까, 우리 집은 서울의 다른 곳으로 집을 옮겼고, 나는 더는 그 빵을, 비슷한 것조차 먹어볼 수 없었다. 어른이 다 되고 나서도 그 빵의 정체를 알아낼 순 없었다.

내가 기억하는 가장 오래된 이별이었다.

2

한창 교복을 입을 때쯤이었던가, 침대 아래로 어른 손바
닥 크기의 검은 거미가 기어들어가는 것을 봤던 것을 기
억한다. 내가 환각을 본 것이었거나 그것이 유령 비슷한
것이 아니었다면 그것은 커다란 거미가 확실했다. 누워
있던 나는 화들짝 놀라 – 이상하게도 무섭다는 생각은
들지 않았다 – 곧장 전등을 켰고, 침대 아래를 살폈다.

그렇지만 침대 아래엔 작은 먼지조차 없었다. 나는
멍해져서는 어머니가 오늘 청소를 해 주셨구나, 하고 읊
조릴 뿐이었다. 그만큼이나 바닥은 깔끔했고, 한 뼘 크
기의 커다란 거미는 온데간데없었다. 나는 돌연 거미 한
마리조차 없는 그 밤의 내 방이 부쩍 슬프게 다가와, 눈
물을 조금 흘렸던 것으로 기억한다.

그것은 정말 신비로운 경험이었고, 그 후에도 나는
종종 커다란 거미의 꿈을 꾸었다. 온순한 거미는 물 흐
르듯 나의 침대 아래로 기어들어 왔고, 내려다봤을 땐
역시나 흔적도 없이 사라진 뒤였다. 나의 것이었던 적은
없었지만, 어쩐지 거미가 그립다고 생각하기도 했다. 내
것이 아니었던 무언가와 헤어지는 기분, 홀로 이별하는
기분.

내가 기억하는 가장 기묘한 이별이었다.

3

얼마 전, 단 한 번도 힘껏 안아 본 적이 없는, 심지어 둘
만의 템포로 길을 걸어 본 적도 없는 사랑의 상대를 천
천히 떠나보냈다. 그 사람은 나 혼자만의 연인이었고,
당연히도 그 관계는 어느 누구의 축복도 받질 못했다.
사실 그 관계는 세상 사람들이 보기에 아무것도 아니었
으니까.

  일부러 꿀 수는 없는, 며칠에 한 번꼴로만 꿀 수 있는
달콤한 꿈을 꾸듯, 나는 띄엄띄엄 그 사람과 만날 수 있
었다. 세상이 보기엔 전혀 의심스러운 만남이 아니었
다. 보기에 철저히 사랑이 아니었다. 나는 그렇게 천천
히 이별했다. 그 나날들 동안, 우리는 오랜 기간 함께
해왔던 것들을 고스란히 다시 하기도 했고, 하지 못했
던 것들도 몇 개는 새로이 해볼 수 있었다. 무심코 지나
쳤던 음식점의 음식들은 깜짝 놀랄 만큼 맛있었다. 사
소했지만, 그 나날들은 매일이 소풍이었고, 그 사람의
웃음은 그날의 하이라이트였다. 느린 작별의 나날들이
지나갔고, 지금은 그 사람이 어디쯤에서 무엇을 하는지
알 방법이 없다.

  벅찼던 마음들은 어디서 비롯된 것이었는지, 그 벅참
의 맛조차 이제는 전혀 기억해 낼 수 없다. 노인이 되어

서도 그 나날들에 관해서는 지혜로워질 수 없을 것이다.

온전히 나의 것이었던 날은 없었지만, 나는 늘 그날들을

그리워했다. 지내는 중에도 그리워했다.

　내가 기억하는 가장 기묘한, 그리고 가장 최근의 이

별이었다.

사탕

몇 년간 혼자 살았던 때가 있었다. 그리고 자취방 냉장고 안엔 알사탕 하나가 몇 년째 한자리를 꿰차고 있었다. 냉장고 청소를 게을리하는 것도 아니었는데.

그 사탕은 지금은 남이 되어 버린 옛 애인이 준 것이었다. 그렇다고 해서 그것이 '정말 사랑했던 사람이 준 것이기에, 먹기에는 너무 아까워서' 그때까지 냉장고에 남아 있었던 것은 아니었다. 미련이 남아서는 더더욱 아니었고.

사실 나는 단것을 잘 먹지 못한다. 거의 못 먹는다고 봐도 무방하다. 어릴 적, 증조할머니와 함께한 시간이 많았던 터라 나의 간식은 자연스럽게 번데기라든지 두부 부침 따위였다. 아마도 그때 나의 입맛이 완성되어 버린 것 같다. 단것을 먹고 나면 곧바로 얼굴이 저릿저릿해진다. 등과 뒷목에 소름이 끼치고, 별안간 취한 사람처럼 멍한 상태가 지속된다. 그리고 웃긴 것은, 그런 내게 그 다디단 사탕을 줬다는 것이다. 다른 사람도 아니고 그토록 오래 만난 나의 애인이.

애인과 나는 썩 오래 함께였다. 애틋하고 푸릇푸릇한 연인들은 오늘이 둘이 만난 지 며칠째인지를 하루하루 확인하며, 기념일을 챙기고 하루하루를 특별히 여긴다. 그렇지만 그때의 우리는 이미 그 시기마저 지나, 하루가 가면 하루가 가는 대로, 함께 늙어 가는 시기에 돌입했다고 여기는 사이였다. 그런 그녀가 단것을 못 먹는 나에게 사탕을 준 것. 그때의 나는 나중에 먹겠다며 재킷의 주머니에 사탕을 구겨 넣을 수밖에 없었다.

당시의 나는 그녀를 그녀보다도 더 잘 알고 있는 것만 같았고, 그녀는 나를 나보다 더 잘 안다고 생각했었다. 서로에게 가장 잘 어울리는 것이 무엇일지를 상상해가며 선물거리를 사곤 했었다. 그런 일상들이 나쁘지 않았다.

그렇지만 사실 우리는 상대방에게 잘 어울리는 옷의 모양이나 색상 따위는 잘 알았어도, 가장 기초적인 것은 알고 있지 못했었다. 예를 들면 아주 기초적인 가족 사항, 단것이 맞지 않는 내 체질, 매일 마주 보았어도 전혀 눈치채지 못했던, 턱 언저리 같은 위치에 하나씩 갖고 있었던 점, 그리고 서로의 한숨을 한숨으로 인식하지 못했던 마지막의 나날들.

오랜 시간을 함께하다 결국 헤어져 버리고만 뭇 연인들처럼, 우리는 우리에게 끝이 있다면 그것이 굉장한 사건에 의한 이별일 줄 알았다. 여러 가지 복잡한 것들이 얽혀, 매우 슬프게 이별하게 될 것이라고. 그렇지만 우리는 정작 서로의 가장 기본적인 것을 보지 못했을 뿐이었고, 가장 기본적인 신호를 해독해내지 못했을 뿐이었다. 허망하게도 내가 보고 싶다는 한숨을 뱉으면 그녀의 귀엔 그저 평소의 숨으로 들릴 뿐이었고, 그녀가 서운함의 한숨을 뱉어도 내 귀엔 평소 그녀의 숨결로 들릴 뿐이었다. 몇 백 몇 천 시간의 시간이 무색할 만큼 우리는 빠르게 식어 갔고, '사실 나는 사탕 같은 것을 먹지 못한다고' 그녀에게 털어놓기도 전에 우리는 남이 되었다.

그 사람과 헤어진 후 처음으로 청소를 했던 날, 냉장고를 비우다 그녀가 준 사탕이 눈에 들어왔다. 그냥 버릴까 했지만, 나는 사탕을 있던 곳에 두기로 했다. 그녀를 그리워하고 싶은 마음은 없었다. 오히려 며칠 전 외운 영단어들처럼 그녀는 빠르게 잊혀 갔다.

다만 훗날 내가 다른 누군가를 만나게 됐을 때, 그땐 그 사람을 더 있는 그대로 보고, 조금은 더 단순하게 받아들여야겠다는 마음에서였다.

그 사탕이 그 다짐을 잊지 않도록 도와줄 것 같았다.

고양이의 회상

사랑에 가슴 벅차했던 나날도 있었습니다. 치즈 같다가도 잘 익은 단풍과도 비슷했던 노란 털의 고양이었습니다.

간혹 뻣뻣한 혓바닥으로 자신의 새까만 몸을 휘저어 다른 누군가의 흔적을 찾아보는 것도, 샛노란 바닥에 누워 샛노란 햇볕을 쬐며 허공을 바라보는 것도, 어쩌면 지나간 낭만을 추억하는 데서 비롯된 작은 몸부림들이었겠습니다.

외사랑, 왜 사랑

몇 년간 하던 일을 그만두고, 잠시 쉬던 시기가 있었다.
하지만 마냥 쉬기만 할 수도 없었다. 통장 잔고가 점점
줄어들고 있었다. 용돈벌이를 위해 우체국에서 일하기
시작했다. 해오던 것들과 완전히 다른 업종이었다. 일반
사설 택배업체도 비슷하겠지만, 국가 최대의 운송업체
인 우체국. 우편집중국의 업무현장은 실로 대단하다는
말로밖에는 표현되지 않는다. 나는 AA시 우체국 BB동
지점과 같은 작은 곳이 아닌, AA시의 우체국 본부에서
일했기 때문에, 건물의 크기며, 하차장의 규모는 어마어
마하게 컸다.

  시스템은 이랬다. 전국에서 누군가가 보낸 택배며 편
지들은, 일차적으로 큰 주소지. 이를테면 경기도면 경기
도. 강원도면 강원도의 대분류소로 모인다. 그리고 분류
소에서는 다시 그다음의 시 단위로 물건과 편지들을 다
시 모아 보낸다. 그리고 그것들을 받은 시 우체국은 각

동의 가정과 사무실로 우편물들을 뿌려 주는 것이다. 나는 시를 총괄하는 우체국에서 일했기 때문에 하루하루 엄청난 소포와 우편물들을 상대해야 했다. 라쿤털이 모자에 달린 긴 점퍼를 입어도 빨리 걸을 수밖에 없었던 추운 새벽을 뚫고 출근을 할 때면, 하차장의 큰 정문으로 물류들을 실은 8톤 트럭이 끊임없이 들어가는 장면이 보이기 시작했다. 열대 남짓 정도 되는 8톤 트럭들. 그러니까 약 80000kg 정도의 물건들이었다.

누군가의 어머니가 보낸 짠지와 같은 반찬거리, 골다공증에 특효라는 고로쇠 약수, 이번 주 내로 결재를 마쳐야 하는 중요한 서류, 또는 묵혀 뒀던 사랑을 풀어쓴 연애편지까지. 전국의 선물과 일과 이치와 사연과 마음들이 달리고 달려, 보라색 하늘의 새벽 다섯 시 무렵에 결국 그곳에 도착했다. 흡사 그곳은 세상 모든 것들이 모여든 작은 우주 같았다. 그렇지만 그런 생각을 하며 잠시 멍해져 있을 때쯤이면 물류팀장의 매서운 불호령이 떨어졌다. 오늘은 다른 날보다 물건이 두 트럭이나 많은데 안 움직이고 뭘 하고 있냐며.

내가 사랑 '했던' 너는 왜 그렇게도 흔한 이름이어야만 했는지. 동별로 구분된 자리에, 그 동에 맞는 물건들을 분류하는 작업을 하는 내내 너의 이름이 계속 보였다. 수취인 또는 발송인의 이름이 자주 너의 이름이었다. 너는, 정확히는 너의 이름은, 경상도 어디쯤에서 인테리어 용품을 보내왔다가, 해외에서 신발을 구입했다가, 이곳에서 뭘 보냈다가, 저곳에서 뭘 받았다가 하였다. 우주가 맞구나 싶었다.

실로 당시의 내 우주는 너로 가득했다. 수천 개의 이름이 내 손을 통해 분류됐지만, 내 눈에 박히는 건 너의 이름뿐이었다. 아니, 사실 어쩌면 진짜로 네 이름이 있었을 수도 있다. 이 도시 안의 그 이름을 쓰는, 내가 아는 나의 너.

전쟁 같은 분류작업을 마치고, 팀장들과 우리 근무자들은 잠시 쉬는 시간을 가졌다. 쉬는 시간이라고 해 봤자 담배 몇 대를 태우며 커피믹스를 마시는 게 전부였다. 쉬는 시간이 끝나고 나면, 이제 본격적인 배달작업을 떠나야만 했다. 아까 전의 8톤 트럭의 반 정도 크기의 트럭들은 각자의 가야 할 동네가 정해져 있었다. 트럭 1호는 CC동, 2호는 DD동. 1호 트럭을 맡은 팀장이 운전석 쪽 문을 열더니, 라디오를 틀었다. 차의 연식이 오래되어서인지, 눈이 계속 내리는 악천후 때문이었는지, 지지직거리는 잡음을 뚫고 노래가 흘러나왔다. 허망한 하늘색과 소란 후의 정적에 어울리는 쓸쓸한 노래였다. 2호 차의 팀장이 노래가 좋다며 제목을 물었고, 1호 차의 팀장은 그 노래의 제목이 〈외사랑〉이라고 대답했다. 누구나 〈외사랑〉이라고 알아들을 수 있을 정도의 명료한 발음이었지만, 2호 차의 팀장은 잠시 먹물을 바르기 전의 붓처럼 희끗희끗한 구레나룻을 긁적거리더니, 〈외톨이 사랑을 말하는 외사랑〉인지, 〈이유를 물을 때의 왜를 쓴, 왜 사랑이어야만 하는지의 왜 사랑〉인지를 다시 물었다. 1호 차의 팀장은 답답하다는 듯 가슴을 치더니 〈외톨이 사랑의 외사랑〉이라고 소리쳤다.

잠자코 듣고 있던 나는 속으로 말했다. 외사랑인지 왜 사랑인지는 사실 중요한 게 아니라고.

그 여자가 내게는 왜 사랑이었는지, 또 나는 그 여자에게 왜 사랑이 아니었는지를 아무리 물어도 대답은 알수 없었다. 지금에 와서. 왜에서 외가 되듯, 두 사람 만큼의 획이 빠진 외사랑이 되었다 한들, 그 대답은 여전히 할 수 없다. 이젠 외사랑이 되었건만 너의 이름은 왜자꾸만 보이는지, 왜 나는 아직도 사랑인지. 왜 사랑인지 아직도 나는.

파스타

이제는 몇 년 전인지도 기억이 나지 않는다. 그저 내게 '그날'로 기억될 뿐이다. 확실한 것 몇 가지는 나 혼자였고, 가을이었고, 아팠다는 것.

하루의 시작부터 아픈 날은 아니었다. 아침과 점심을 어쩌다 보니 굶었다. 그래서 저녁으로 무엇을 먹을지에 대해 더욱 즐겁게 고민할 수 있었다. 나름대로 유쾌했던, '괜찮은' 하루였다.

우중충한 날이면 유독 기름진 음식이 먹고 싶은 법. 그날은 날씨가 제법 우중충했고, 사 먹는 음식에 질릴 대로 질려 있던 나는 무언가를 만들어 먹기로 마음먹었다. 이전에 종종 해 먹곤 했던 파스타가 좋을 것 같았다. 집 냉장고엔 재료가 없었지만 나는 마음먹은 것은 무엇이든 저질러야만 하는 기분파였기 때문에 재료는 문제될 게 없었다. 없으면 사러 가면 되는 거고. 일과를 마치고 집에 돌아오자마자 가방만 내려놓고 슬리퍼를 신었다. 그길로 집을 나서 대형마트로 향했다. 새우와 달걀, 베이컨과 마늘 같은 것들을 머릿속에 적으며 걸었다. 썩 가깝진 않은 거리였기에 귀에는 이어폰을 꽂았고, 재생 목록을 무작위로 재생시켰다. 첫 곡은 적당히 신나는 곡이었던 걸로 기억한다. 그다음 곡부터가 문제였다.

아, 어째서 재생 목록 수백 개의 곡 중에서도 그런 노래들만 흘러나왔던 건지. 보기 흉하게 한 가닥 일어나 있는, 새끼손톱 주변의 살점은 신경을 끄고 있다가도 눈에 보이거나 건드리기 시작하면 한없이 신경이 쓰이고 아프기 마련이다.

오래전의 그녀는 다이시댄스와 프리템포, 다프트펑크의 잔잔한 음악들을 좋아했던 사람이었고 나는 당연히도 그 노래들이 따라 좋아져 재생 목록에 담았었다. 그 사람과의 만남이 다한 후에도 나는 못 본 척 그 음악들을 지우지 않았었다. 내게 그 음악들은 새끼손톱 주변의 살 조각 같은 것들이었다. 음악들은 끊임없이 재생됐고, 대형마트에 도착한 나의 표정과 마음은 너덜너덜해진 뒤였다.

여러 채소들과 재료들을 사서 집에 가는 길에 나는 음악을 듣지 않았다. 시계를 보니 어느덧 시침은 10을 가리키고 있었다. 밤이 됐음을 인지함과 동시에 오한이 몰려왔고, 양말에 작게 뚫긴 구멍이 보이기 시작했을 때, 가을밤의 추위가 본격적으로 나를 괴롭히기 시작했다. 발걸음을 서둘러 평소보다 훨씬 일찍 집에 도착했다.

옷도 갈아입지 않고 채소와 베이컨, 버섯 등을 넉넉히 볶았다. 면을 삶고 소스의 간을 맞추었다. 낮에 생각했던 만큼 재미있는 과정은 아니었다. 정신을 어디에 두고 온 걸까, 음악을 들으며 마트로 향하던 그 길에 두고 온 걸까, 얼이 빠져 장을 보던 식료품 코너에 두고 온 걸까, 나는 멍한 상태로 요리를 했고, 양 조절에 크게 실패해 버렸다. 터무니없이 많은 양의 파스타가 프라이팬에 가득했다. 족히 4인분은 되어 보였다.

적당히 식혀 반 정도는 냉장고에 보관할 수도 있었는데, 또 왠지 그러기는 싫었다. 내가 그깟 음악들 때문에, 그깟 사람 한 명 때문에 자주 해오던 음식 하나 제대로 못했다는 것을 인정하기 싫어서였을 것이다. 나는 프라이팬을 가득 채운 파스타를 꾸역꾸역 모두 먹어 치웠다.

그날 밤, 속이 참 쓰렸다. 참 추웠다. 어쩔 줄을 몰라 누웠다 앉았다 했다. 토를 하고 다시 눕기를 반복했다. 이불을 하나 더 꺼내 두 겹을 덮어, 끙끙 앓았다.

궁금했다. 왜 아픈 걸까? 가을밤 추위를 얕보고 얇게 입은 탓이었는지, 4인분은 되어 보이는 음식을 억지로

먹은 탓인지, 아니면 그 사람에 대한 것을 아직 덜 토해
낸 탓인지. 새끼손톱 주변에 일어나 버린 살점 같은 그
음악들을, 그 사람의 흔적들을 뜯어내 버려야 나아질 것
인지.

고궁

오늘은, 눅눅한 색의 만다린 칼라 셔츠를 찾느라 하루를
다 보냈습니다.

몇 해 전 봄날에 입었었던 그 셔츠 말이에요.

기억하시나요, 그날 우리는 어떤 고궁을 걸었고 연못
가에서는 입도 맞추었는데.

요란스러운 것을 좋아하지 않았을 것 같은 왕조가
지은 고궁에는 차분한 홍색과 녹색 칠이 흐드러졌었습
니다.

나는 귀하께서 입고 온 다홍색 민소매가 고궁의 색과
아주 잘 어울린다고 칭찬을 해 드렸고, 그곳을 배경으로
사진도 몇 장 찍어 드렸습니다. 그 순간 귀하는 은은한
녹색과 홍색으로 반짝였고, 나는 그걸 좋아하는 왕조의
후예였습니다.

시대의 아픔 같은 것이 나를 관통했고 나의 연못은
찰랑댔습니다.

낭만이었습니다.

그리고 오늘 괜스레 저는 그날의 눅눅했던 만다린 셔츠를 입어 보고 싶어진 겁니다.

살결의 언어에서 너였다가 당신, 이제는 귀하가 되어 버리신 당신은 어떻습니까. 여전히 다홍빛으로 반짝이십니까.

끝끝내 셔츠는 찾아내지 못했지만, 쓸쓸하고 한스러운 왕족처럼 바랍니다. 거기에 계세요.

고궁처럼 계셔만 주셔요.

고양이의 회상

사람들은 대체로 그에게 호의적이었습니다. 그 역시도 기분이 좋은 날이면, 그리고 적당히 마음이 헛헛한 날이면 인간에게 다가가기도 했습니다. 타인의 손길을 허락하기도 했습니다. 그리고 그 역시도 어설픈 손길로 타인을 쓰다듬고 싶었던 건지도 모르겠습니다.

그렇지만 어설펐던 나머지 그 사람에게 생채기를 낸 거지요. 고양이는 멋쩍어진 탓에 험한 표정과 목소리를 내비치곤 급히 도망쳤습니다.

그런 날이면 어설프고도 솔직하지 못한 자신에게 조금 화를 내기도 했습니다.

개

대학 동기가 살았던 집을 기억한다.

주인아저씨께서는 건물 옆 작은 텃밭에 토끼 몇 마리를 키우고 계셨다. 그러던 어느 날 밤, 토끼 중 한 마리가 죽었다. 반 평 남짓한 토끼장은 쌈 채소라든지, 복숭아나무 따위가 있던 작은 텃밭의 한가운데 있었다. 몹시 사랑스러운 토끼들이었다.

친구의 집에서 여느 때와 같이 그와 함께 야식을 먹고 있던 여름밤이었다. 열어 둔 창문 사이로부터 서늘한 바람이 아닌 다급한 소리가 닥쳐 들어왔다. 무언가 격하게 움직이며 풀 같은 것들을 건드는 소리였다. 급히 유리를 더 밀어내 연 창문 밖에는 토끼장을 나온 작은 토끼와 흰 개가 다급히 몸을 섞는 그림이 보였다. 개가 토끼를 입으로 집어 든 것인지, 아니면 강하게 문 것인지. 개의 입에 물려 있는 토끼가 도망을 위해 몸을 흔드는 것인지, 아니면 개가 물고 있는 토끼의 숨을 끊으려 그것을 흔드는 것인지. 빛 없는 밤의 장면이란 도무지 쉽게 알아볼 수 없었다. 다만 보는 숨을 죽이게끔 하는 그 잠시의 순간 후, 토끼의 몸은 축 처졌고, 흰 개는 죽어 버린 토끼를 땅에 내려 두고는 그 주변을 맴돌다 이내 자취를 감췄다.

이상한 장면이었다. 단순히 굶주린 개이거나, 야생의 들개라면 그 자리에서 죽인 그 토끼를 먹거나, 그것을 물고 자리를 떴을 것이다. 흰색의, 어딘가 서툴러 보이는 그 개는 어쩌면 어두운 밤 수많은 위협이 도사리는 밤에 맨몸으로 나앉은 토끼를 구하고 싶었을 뿐이었는지도 모른다. 눈앞의 자기보다도 작은 이 사랑스러운 생명을 다시 안전한 집으로 돌려보내고 싶었는지도. 그렇지만 그 방법이 너무나 서툴렀을 뿐이었는지도.

왠지 모르게 나 자신을 돌아보게끔 하는 모습이었다. 아무것도 몰랐던 때, 나는 휴대 전화의 배경 화면으로 늘 잘생긴 사자를 넣어 두곤 했었다. 마음을 다해 좋아했던 사람이 있었다. 지켜 주고 싶은 사람이었다. 사랑스러웠다. 그 사람도 나를 크게 여기고, 든든히 여겨 주었으면 했었다. 그렇지만 나는 작은 개일 뿐이었다. 그것도 아주 형편없이 서툰. 그 사람을 여긴다며 한 행동은 되레 그 사람을 해할 뿐이었다. 고고하고 강력하며 매혹적인 짐승이 돼 보려 아무리 노력해도 바뀌는 것은 없었던 것이다.

몇 년이 지났다. 몇 대의 휴대 전화가 스쳐 갔고, 지금의 휴대 전화에선 사자의 모습을 찾아볼 수 없다. 혼자선 아무것도 할 수 없던 시절이 지나갔다. 개의 방식으로, 나름의 방식으로 삶을 버티게 될 수 있었다. 어쩌면 그때의 사자보다 몸집이 커버린 개의 삶을 살고 있는 것일 수도 있다.

그러나 어린 날에 품에 안았던, 그리고 며칠 전 슬프게 바라봤던 토끼처럼 지켜 주고 싶은 존재를 맞닥뜨리는 일은 여전히 두려움을 불러일으킨다. 몇 년 사이 커진 건 몸집뿐일 뿐, 그 존재가 원하는 보살핌과 보듬음이 무엇인지 나는 여전히 알 수 없기 때문이다. 혹자는 이런 것을 센스가 없는 편이라거나 다소 무뚝뚝하다는 표현으로 쉽게 표현하곤 한다. 별로 큰 문제가 아닌 듯 여긴다.

다만 나는 서툰 흰 개가 된다. 내 진심이 사랑스러운 존재를 또 물어 버리는 것이 아닐까, 해하게 되지 않을까 걱정하게 되는, 초라한 흰 개가 된다.

2016년 3월 29일

동물들에게 한없는 연민을 느낀다. 그것들은 참 빨리 죽는다.

강아지들과 나의 몸집이 비슷했을 때, 나는 그것들이 무서워 부모님의 몸 뒤로 나의 몸을 숨기곤 했었다. 그러나 차츰 나의 몸이 자라나고, 그들은 나보다 더 커질 수가 없다는 것을 깨달았을 때, 그제야 비로소 나는 그들에게 애정을 품을 수 있었다.

그들의 사람을 향한 애정은 매우 솔직하고 '노골적'이기까지 해서, 보편적인 인간관계에서 주고받곤 하는 대화나 스킨십보다도 더 짙게 다가왔다. 어느 정도였냐 하면, 언젠가 길에서 만난 강아지의 할짝거림을 무심코 뿌리쳐 버렸을 정도였다. 그때, 내가 느낀 그 존재의 눈빛을, 눈빛 속의 고독과 실망감을 나는 아직도 잊지 못한다.

그 눈빛에 대한 미안함과 후회를 가끔 기억한다. 그

것들은 참 빨리 죽는다. 빨리 죽는다는 것은 세상에서 빨리 사라진다는 것이고, 사라져 버렸다는 것은 곧 빨리 잊히게 된다는 말이었다. '짧은 생을 살다 간 것은 일찍 잊힐까.' 라는 생각과 고민은 사람인 나마저도 금세 슬퍼지게 만들어, 아직은 오지 않을 '내가 잊히는 날'을 상상하게끔 한다.

커피숍의 구석에 앉아 마실 것을 홀짝거려가며, 글 몇 편을 쓰던 날이었다. 오줌이 마려우면 커피숍 바깥의 화장실로 향했다. 그 화장실은 커피숍의 손님들만이 쓰는 공간이 아니어서, 주변을 지나는 사람들이나 다른 점포의 손님들 역시 이용하곤 하는 공용 화장실이었다. 한참 글을 쓰던 낮 시간, 나는 이뇨감을 느껴 화장실로 향했다. 키가 크고 보폭이 넓었던 나는 성큼성큼 걷고 있었다. 그리고 그때, 돌연 건물의 코너에서 노인 남성 둘이 나타나 나의 앞길을 막았다. 그들 역시 건물의 공용 화장실로 가고 있는 것 같았다.

그분들은 걸음걸이가 아주 느렸다. 보폭 역시 좁았다. 건물의 좁은 복도에서, 나는 그들을 앞지를 수가 없이 그 속도에 맞춰 그들을 뒤따라야만 했다. 가까스로 들어간 공용 화장실에는 소변기 세 대가 나란히 서 있었는데, 나보다 앞서 화장실로 들어간 그들은 양 끝의 소변기에 서 있었다. 나는 어쩔 수 없이 가운데의 소변기 앞에 서야 했다.

삼십 초 남짓한 짧은 시간, 나는 노인 둘의 사이에서 조용히 소변을 봤다. 두 노인이 나의 얼굴을 바라보는 것 같았지만, 나는 그 시선들을 의식하지 않으려 애썼다. 다만 조용히 양 옆에서 들려오는 물소리를 듣고 있었다. 조용하고, 어떻게 생각하면 형편없게 들릴 수도 있는 힘이 없는 물소리. 약간의 지린내가 나는 것 같기도 했지만, 나는 불쾌함보단 연민을 느꼈다.

비교적 깔끔히 차려입은 두 노인의 용무는 그리 길지 않았다. 마치 책장을 넘길 때의 소리처럼, 조용히 옷매무새를 정돈하는 소리가 들렸다. 연민을 느꼈다. 힘없이 소변을 누는 소리처럼, 그리곤 이내 잦아든 물소리처럼, 그들도 조만간 이 세상에서 소멸해 버릴 것만 같아서. 그 연민과 사색은 점점 자라나서, 나는 그만 손을 필요 이상으로 오래 씻었다. 마치 나 스스로마저도 금방 소멸해 버리는 건 아닐까 하는 겁마저 났다.

'몇 천 년이 지난 뒤엔, 저 노인 둘이 먼저 세상을 떠났든, 그리고 몇 십 년 후에 내가 따라서 사라졌다 한들, 그 순서는 모두 의미가 없게 되어 버리는 게 아닐까.' 하는 생각을 했다. 사람 역시 동물이고, 강아지만큼은 아니어도 금방 생을 마감한다. 그렇다면 내가 동물들에게 연민을 가지는 것처럼, 우주의 어떤 존재 역시 인간들에게 연민을 갖고 있는 건 아닐까 생각했다.

동물들의 솔직한 애정표현이 부러웠다. 겨우 몇 계절을 더 오래 살뿐이면서, 우리는 그토록 필터와 필터를 거쳐 마음을 전하고, 혹은 그마저도 못해 숨기기에 바쁘다.

만일 내가 누군가를 향해 강아지의 할짝거림처럼 순수한 애정을 표한다면, 그 사람 역시 과거의 나처럼 소스라치며 나의 손길을 피할까. 그렇다면 정말 슬프겠다. 그런 생각을 해 본다.

그분이라는 말

나를 '그분'이라고 불러 주었던 사람을 기억한다. 그 사람은 내가 없는 자리에서 나를 다른 사람에게 소개할 때면, 꼭 '그분'이라고 소리 내어 말했단다. 또는 자신의 일기장에 나를 '그분'이라고 적었단다.

　그 말을 듣고는 기분이 참 좋았다. 누군가에게 '그분'이라는 발음과 활자로 불리게 된다는 것. 왠지 모르게 애정과 존경과 예의, 따뜻함이 담긴 말 같았다.

　자신이 없는 장소에서 누군가의 지인들에게 소개된다는 것, 누군가의 일기장에 종종 적힌다는 것. 심지어 '그분'이라는 호칭으로 적힌다는 것. 그보다 근사한 경험은 흔치 않을 것 같다.

네, 네

자주 가는 약국의 약사님은 독특한 말버릇을 지니셨다.
엊그제 실제로 나눴던 대화의 일부를 예로 들자면,

"네, 하루 세 번 식후에 드시면 되고요, 네, 네. 술 절
대 안 되고요, 네. 따뜻한 물 많이 드세요, 네, 네. 그러
면 될 겁니다. 안녕히 가세요, 네."

이런 식이다. 약사님께선 위에서 보다시피 말끝마다
경쾌한 목소리로 '네, 네.'를 붙이시는 버릇이 있는데,
그 말버릇과 억양, 목소리가 은근히 여운이 길어, 약국
에 한 번 들를 때마다 나도 며칠 동안은 '네, 네.'를 달
고 다닌다.
도대체 왜 그 목소리가 오래 기억에 남는 걸까? 어떤
부분이 마음에 들어 따라 하게 되는 걸까? 고민해 본 적
이 있었다. 나는 아마도 약사님의 그 네-네-거리는 말

버릇으로부터, '괜찮아요, 결국엔 말끔히 나을 겁니다.' 와 비슷한 뉘앙스를 느꼈던 것 같다. '시간이 약입니다. 시간이 흐르면 모든 게 해결될 겁니다.'와 같은 말은 사실 너무도 흔한 말이고, 실질적인 치유와는 거리가 있는 말 같지만, 경쾌한 목소리로 '나을 거야, 좋아질 거야.' 라고 버릇처럼 말하다 보면 어느덧 기분만큼은 조금 가뿐해져 있는 나 자신을 발견하게 된다.

　나을 거야. 좋아질 거야. 네, 네. 주문을 외우듯 말해 보자. 시간이 지남에 따라 어차피 나아질 거라면, 반갑고 감사한 마음으로 그때를 기다리는 게 더욱 나에게도 좋지 않을까.

알맹이로부터

고양이의 진심

가끔은 바라보기만 하는 게 질리는 날도 있었습니다. 가끔은 그도 목소리를 내고 싶었습니다. 작은 몸집 안에 들어 있는 것들을 보여 주고, 들려주고 싶었습니다. 어떤 부분은 도도하지만은 않다고, 살갑거나 약하기도 하다고. 어떤 이끌림에 끌려 떠돌기도 했고, 울음소리를 내기도 했다고.
그 모든 끌림의 주인이 바로 당신이었다고요.

전화 통화

첫째로는 내 목소리가 스스로도 너무 낮고 별로라고 생각하기 때문에.

둘째로는 의사소통 쪽으로는 이상하게 멍청한 구석이 있어, 적절히 말할 단어를 골라내질 못해서.

셋째로는 그냥 무서워서.

위의 이유들로 나는 전화 통화를 피하는 편이다, 그게 누구와의 통화이건 간에. 그리고 생각을 계속해 본다, 어쩌면 내가 겪어 왔던 이별들도 통화(나아가서 대화)의 부재에서 싹이 자라난 걸지도 모르겠다고. 애인과의 통화마저 피해 버리는 남자라니, 끔찍하지 않은가. 어쩌면 변명일 수도 있겠지만, 내 목소리는 너무도 낮고 음침해서 애인의 기분마저 슬프게 할 것만 같았다. 물론 지금도 그렇게 생각한다.

그럼에도 가끔은, '단어 선택이 서툴고, 목소리의 톤이 을씨년스럽고, 멍청한 말들만 하게 될지라도, 그를 비웃지 않고 가만히 들어주는 전화 통화 서비스 같은 게 있었으면 좋겠다.' 라고 엉뚱한 상상을 했던 퇴근길도 있었다.

고양이의 진심

"한 사람을 너무 사랑하게 되면, 도리어 그 사람을 피하게 되는 거야."

고양이는 그렇게 말했던 누군가의 목소리를 기억합니다. 지금은 곁에서 떠나 버린 사람의 목소리였습니다. 자신에게 이름을 지어 주고, 자신을 자신보다도 더 아껴 주던 사람이었습니다.

그리고 고양이는 그 사람이 영원히 그의 곁에 남아 있을 것으로만 알았습니다. 괜한 성질을 부리고 괜한 쌀쌀맞음을 내비쳤습니다.

그리고 아무도 곁에 남지 않은 지금, 찬바람이 부는 길거리에서, 고양이는 작게 목소리를 내봅니다. 애정을 주던 누군가가 떠나 버린 후, 뒤늦게 목소리를 내보는 겁니다.

어제도 비가 내렸습니다

이제 슬슬 장마철이라 그래요.

　매년 한 번씩 찾아오는 장마철에는 비가 잔뜩 내리
고, 비가 내리면 길거리 위의 짐승들은 그대로 비를 맞
는 거고, 비를 맞으면 이렇게 추한 꼴이 되는 게 당연한
것 아니겠어요, 그러니까 멈춰선 걸음을 다시 옮기셔도
좋습니다. 가세요. 괜찮아요. 정 원한다면 그대로 거기
서 계셔도 좋고, 편할 대로 하셔요.

　우리가 그렇게 여러 번 만난 사이는 아니지만, 한마
디 말씀드리자면, 당신의 존재는 저만큼이나 죄스러워
요. 그쪽이 뭔가를 잘못했다거나 하는 말이 아니고요,
음, '박복하다' 라는 표현이 어울릴까요. 어디 거울 앞에
가서 한번 들여다봐요. 입술이 그렇게 작아서야 세상 그
많은 하소연들을 어떻게 담을 것이고, 눈은 또 어떤 많
은 것들, 슬프고 보지 말아야 할 것들까지 다 담으려 그
렇게 크답니까. 저는 오히려 당신이 불쌍해요.

그리고 정작 우산이 필요한 사람은 그쪽인 것 같아요. 본인은 우산을 쓰고 있고 비를 맞고 있는 건 나인데, 그게 무슨 소리냐고요? 나는 지금 눈에 보이는 비를 말하는 게 아니에요. 나는 그런 걸 볼 수 있거든요. 눈에는 보이지 않는 '비'와 비슷한 어떤 것. 확실히 보이는데, 당신 지금 물에 빠진 쥐 꼴이에요. 아, 입술도 작고 눈도 커서는, 생긴 것도 조금은. 미안해요. 어쨌든, '비 비슷한 것'을 그만 맞으려면, '우산 비슷한 것'이 필요해 보이는군요.

그간 얼마나 고생이 많으셨습니까. '비 비슷한 것'을 그렇게 계속 맞다 보면, 마음에 '감기 비슷한 것'이 들 수도 있단 말이에요. 저도 홀딱 젖어 있는데 잔소리하지 말라고요? 글쎄 저는 신경 쓰지 마시고. 제 명줄이 얼마만큼 긴지는 저도 모르지만, 거리에 서서 이십 몇 년을 지켜본 결과, 세상에는 수많은 '위로'들이 존재합니다. 그건 주사처럼 따끔하다가도, 술처럼 속 시원히 취하게끔 하기도 하고, 달콤하며 든든하고 뜨겁습니다. 살아 움직이는 존재들에게는 꼭 필요한 거예요. 그거 하나는 확실합니다. 그렇지만 여러 위로도 사람들에게 제각각 다르게 작용해서, 마음속 상처에 아주 잘 드는 위로가 있는가 하면, 처음엔 잘 들은 듯하다가도 도리어 더 큰 상처를 내기도 합니다. 옷으로 치자면 치수와 컬러가 다 다른 셈인 거죠.

바로 그거예요. 당신은 당신에게 딱 맞는 위로가 필요하단 말이에요. 지금껏 그걸 구하지 못해서 그렇게 축 축이 처져 있는 거고요. 세상에 존재하는 위로는 수억 수만 개예요. 하지만 그쪽을 정말로 치유해 주는 건 없는 것 같아 보여요.

몇 년 전에도 이렇게 비가 오는 날이 있었어요, 무겁진 않지만 '어딘가 무겁게' 나는 그날도 지금과 같은 모습으로, 비를 맞으며 거리를 구경했죠. 그리고 보았습니다. 머리가 새하얗게 센 할머니와 끽해야 다섯 살을 넘겼을 손자가 걸어가는 모습을요. 할머니는 작은 삼단 우산을 들고 있었어요. 이미 굽은 허리보다도 더 깊이 허리를 굽히곤, 손자가 비를 맞지 않도록 몸을 낮추는 모습은, 제가 기억하는 가장 완벽한 위로 중 하나로 남았습니다. 남들은 흡사 땅에 붙어 다니는 듯한 그 모습을 보고 웃었을지라도요.

이야기하면서 계속 지켜봤는데, 당신도 참 눈치가 없어요. 지금 내가 무슨 얘기를 하는지 정말 모르겠다는 표정을 짓고 있잖아요. 그거, 제가 해 주겠다는 말이에요, 위로. 저도 비를 많이 맞아 왔으니, 그만큼이나 당신 마음을 잘 헤아릴 수 있지 않겠어요. 입이 작고 눈동자가 커다란 것도 퍽 제 신경을 끌어요. 자꾸 신경이 쓰인다는 말입니다.

그래서 솔직히 말하자면, 저 멀리에서 당신이 걸어올 때부터, 내심 '이쪽으로 와 주었으면' 하고 바랐습니다. '우산 비슷한 것'이 되어 드릴게요. 당신의 우울을 저도 겪었으니까. 어린 당신에게 우산을 든 할머니와 같은 존재가 되어 주고만 싶으니까. 그래서 나도 당신과 함께 이곳 아닌 더 멋진 곳으로 가고 싶으니까. 괜찮다고만 말씀해 주시면, 곧바로 당신 옆에 가서 설게요. 그리고 당신 가던 길을 같이 걸을게요.

등 굽은 할머니와 어린 손자가 낮은 자세로 걷는 모습만큼이나, 흠뻑 젖은 우리 둘이 빗속을 뚫고 걷는 것도 꽤 근사하지 않겠어요?

고양이의 진심

녀석이 길가에 버려져 있던 붕어빵 하나를 물어다 당신의 발치에 사뿐 내려놓는다면, 당신은 어떤 표정을 지으시겠습니까? '이게 뭐 하는 짓이야?' 하시겠습니까, 아니면 '내 몫을 챙겨 와준 거구나.' 하실까요?

잠시 우산을 씌워 준다는 것

어느 학창 시절을 회상한다. 학교를 마치고 독서실에
가는 길이었는데, 예보에도 없던 갑작스러운 비가 내리
기 시작했다. 나는 약간의 욕도 섞인 온갖 부정적인 말
들을 머릿속에 띄워 댔다. 몸이 젖으면 독서실에 있는
내내 찝찝할 텐데, 그러면 공부는커녕 앉아 있기조차
싫을 텐데. 그렇게 힘껏 구시렁거리며 횡단보도의 신호
를 기다리는 동안에도 비는 하염없이 뿌려 대고 있었
다. 그때였다. 어떤 대학생으로 보이는 여자 한 명이 내
머리 위쪽으로 작은 우산을 드리워 주는 것이었다. 뭐
라고 했던가, "신호 기다리는 동안만이라도 씌워 드릴
게요."였던가.

　그때 나는 이미 충분히 온몸이 젖어 있었지만, 이유
모를 따스한 감각에 그분께 웃으며 감사 인사를 건넸었
다. 이후 독서실로 향하는 동안에도 비는 계속 내렸지
만, 나는 웃으며 계속 걸을 수 있었다.

갑작스러운 비는 거리 위 대부분의 사람들을 당혹스
럽게 한다. 몇몇 준비성이 철저한 사람들 – 가방 속에
항상 조그만 우산을 챙겨 다니는 – 만이 그럴 때마다
'아, 우산을 챙기길 정말 잘했지,' 라는 표정을 지으며
우산을 펼쳐 든다. 빗줄기가 굵으면 굵을수록 사람들의
당혹감을 표정에 잘 드러나는데, 그들에게는 길 위에 서
있는 일분일초가 응급 상황이다.

그로부터 몇 년이 지난 어느 청명했던 날, 나는 언제
나 그랬듯 필요한 것들 몇 개를 챙겨 작업 장소(카페)로
향하고 있었다. 지금 생각해도 참 신비로운 경험이었다.
학창 시절 독서실에 갈 때마다 걷던 그 길을 걷고 있는
데, 돌연 맹렬한 소나기가 퍼붓는 것이었다. 마침 내 가
방 안엔 작은 우산 하나가 있었기 때문에 나는 재빨리
우산을 꺼내 쓸 수 있었다.

그리고 오래전의 그 횡단보도에 서서 신호를 기다리
는데, 한 중년 여성이 두 손을 하늘을 향해 받친 자세로
옆에서 발을 동동거리고 있는 것이 보였다. 나는 앞서
말한 장면이 떠올라, 그분의 머리 위로 살짝 나의 우산
을 드리워 드렸다.

"신호 기다리는 동안만이라도 같이 쓰고 계시죠."

사실, '당신은 대체 누구시기에 이런 오지랖을 떠시는지?' 와 같은 싸늘하고 사람을 무안하게끔 하는 대답이 돌아올 수도 있는 일이었다. 그렇지만 그 아주머니의 동동거리는 발이 마음에 아주 깊이 걸리는 것이었다. 다행히도 그 아주머니는

　　"아이구, 고마워요. 무슨 비가 이렇게 다……."

라고 웃으며 고개를 꾸벅이셨다. 우리는 함께 우산을 쓰고 횡단보도를 건넜고, 곧 각자의 방향으로 찢어졌지만, 그분의 멋쩍지만 진심이 듬뿍 담긴 미소를 그날 오래도록 잊히지 않았다.

　진심, 진짜 마음이라는 것은 그런 것일지도 모른다.

　어떤 모습이 눈에 걸려 몸이 저절로 움직이는 것.

　옷이 흠뻑 젖어 있어도 우산을 씌워 주고만 싶은 것.

싼 것들을 주는 마음

어린 시절 먹었던 것들 중 유난히 기억에 남는 것들을
나열해 보라는 말을 들었을 때, 사람들은 과연 어떤 음
식들을 소개할까. 좀처럼 갈 수 없었던 레스토랑의 값비
싼 음식들? 슈퍼마켓의 계산대 주변에 있던 오십 원짜
리 초콜릿?

나는 어릴 적 시장 분식점의 밍밍한 국수와 고구마를
투박하게 썰어 튀겨 낸 맛탕이 가장 먼저 생각난다. 길
고도 좁은 구조의 분식집은 조금 더 많은 손님을 받기
위해 복층으로 지어진 구조였다. 어머니의 손을 잡고 복
층 위로 올라가 국수 한 그릇과 고구마 맛탕을 주문하
면, 얼마 지나지 않아 녹색 플라스틱 접시에 음식이 담
겨 올라왔다. 나는 어머니와 함께 그것들을 먹을 때면
몇 번이고 맛있다는 말을 반복했었다.

사실 별다를 것 없는, 어찌 보면 너무나도 소박한 음
식들이었다. 초등학교를 졸업하고 대학교를 졸업할 때

까지 그런 느낌의 분식집은 어디에도 있었다. 그럼 도
대체 무슨 이유로 나는 그 집의 음식들을 그리워하는
걸까?

내가 나이를 먹고 돈을 벌기 시작했을 때, 부모님은
종종 들어오는 길에 햄버거를 사올 것을 부탁했다. 나는
패스트푸드 음식점에 들러 가장 비싸거나 맛있다는 평
판을 듣는 것들을 넉넉히 포장해서 들어가곤 했다. 종이
백을 아무렇게나 찢어내고 그 안의 것들을 탁자에 쏟고
나면 가족의 소소한 저녁 식사가 시작됐다. 어머니와 아
버지는 연신 맛있다는 말을 반복하고, 그럴 때면 나는
알 수 없는 표정이 되어 버린다.

고작 햄버거일 뿐인데. 만 원이 겨우 넘는 것들인데.

매 끼니 훌륭한 요리들을 먹는 기분은 과연 어떤 기
분일까. 나는 그게 정말로 궁금하다. 주고 싶은 마음에
는 끝이 없다. 조금 더 돈을 써도 되는데. 더 맛있는 것
도 많은데, 부모님은 햄버거면 됐단다. 맛있으시단다.

나는 그런 장면이 내 눈 앞에 펼쳐질 때마다, 마음속
으로 어린 날 분식집의 그 기억을 동시에 떠올리는 것이
다. 그때 어머니 마음은 어땠을까. 땅딸막한 아들과 고

작 몇 천 원에 불과했을 국수와 고구마 맛탕을 나눠 먹는 기분은 어땠을까. 더 근사한 걸 주지 못하는 마음은 얼마나 무거웠을까. 그게 맛있다고 몇 번이고 말하는 아들을 보는 기분은 또.

2015년 10월 4일

홀로 산길을 걸은 적이 있다.

숲길에는 밤송이가 몇 개 떨어져 있었는데, 나는 무턱대고 그것들을 만지다 손을 찔려 피를 찔끔 흘렸다. 복합적인 고통을 느꼈다. 일시적인 고통은 뚫린 피부에 관한 것이었고, 지속적인 고통은 나의 역사 자체에 관한 것이었다.

가시는 밤이 가진 일종의 방어 기제다. 밤은 제 발로 움직이지 못해, 속에 지닌 알맹이를 지키려 가시를 갖는다. 그래서 나와 같은 누군가를 아프게 하기도 한다. 나는 궁상맞게도 산길 한가운데 얼마간 멍하니 서 있었다. 내 가시는 무엇인가, 나의 방어 기제는 무엇인가에 관해서 생각했다. 그리고 내가 가시를 돋아냄으로써 지키고자 하는 것은 과연 무엇인지에 관해, 또 그것으로 인해 누가 피를 흘렸던가에 관해서도 생각했다.

키가 어른들의 반 만했던 나이 때부터, 나는 제법 '잘' 썼다. 꽤 여러 사람에게 인정받았었다. 전국적인 규모의 대회에서 상을 몇 개 탔고, 작가와 기자 사이에서 난 자식이라는 이유로 사람들은 나에게 천부적이라 손뼉을 쳐주었다.

사춘기와 그 후의 학창 시절을 겪으며, 지닌 것이 남들과 다르면 안 된다는 생각과 부끄러움이라는 명목으로 잠시나마 글 쓰는 것을 숨겼었던 날들도 있었다. 그러나 지금은 모두가 내가 글을 쓰는 것을 안다. 사실 형제가 없는 만큼, 친구와 주변 사람들이라는 존재를 누구보다도 소중히 여겼던 내가, 그들에게 '나는 글을 쓴다.'라고 털어놓는 일은 여간 어려운 일이 아니었다. 그러나 나는 이제야 인정한다. 나의 방어 기제는 글이다. 글은 나의 가시다. 글은 나의 위장색이다. 글은 나의, 동물들이 살아남기 위해 뿜는 악취이다.

파도와 넘어짐 없이 자라난 사람이 어디 있겠느냐마는, 그만큼 나의 역사도 참 기구했다. 나보다 몇 배는 더 큰 여자가 나를 집어던지고 괴롭혔던, 먹지 못했던 것을 억지로 토해가며 먹어야만 했던 유치원의 나날들과 유치원을 옮기고 난 후에도 남자 원장에게 얻어맞아야 했던 나날들, 이웃의 가스 폭발로 집 없이 하루하루를 연명했던 나날들, 그 충격으로 인해 지워진 일 년간의 기억, 어른들의 고성이 오갔던 작은 집으로부터, 나는 철저하도록 차가운 사실과 당면했다.

'결국, 버텨 내야 하는 것은 나 혼자라는 것. 절대로 온몸을 던져 의지할 곳은 없다는 것.'

눈물 콧물의 짠맛보단 장난감과 단것들에 어울리는 나이부터 알게 된 나만의 진리 덕에, 지금의 '남들과는 다른' 내가 완성되었는지도 모른다. 심지어 몸과 머리가 다 자란 지금에 와서도 의지하는 것을 병적으로 꺼리고 있는 건지도. 나는 그쯤부터 순간접착제처럼 내게 흩뿌려져, 금방 굳어 버리고만 여러 사건을 씻어 내기 위해 글이라는 나름의 방어 기제를 발현했다.

나는 내가 쓴 글들에서, 화목한 가정을 그리기도 했고, 나를 괴롭혔던 사람들을 몇 번이고 죽이기도 했다. 인정한다, 그것은 꽤 변태적이고 역겨운 행위였다. 그러나 그것은 '나'라는 존재를 지키기 위한 나의 가시였다.

나는 글에서 때로 소리 내어 울지 못하는 여자였다가, 아무런 걱정 없이 사랑을 하는 남자였다. 때로는 토끼를 물어 죽인 흰 개였고, 그것도 아니면 길거리의 돌이었다. 모두 내가 증오했거나, 사랑했거나, 되고 싶었거나, 되고 싶지 않았던 것들이었다.

나는 지금도 그렇게 글이라는 가시로 생을 버티고 있다. 그러나 그날, 나는 밤송이들을 관찰하다가 덜컥 겁을 먹고 만 것이다. 까여진 밤송이를 보았다. 벌려진 밤송이의 안쪽은 황량하도록 비어 있었다. 산짐승이 파먹은 것으로 보였다. 그 모양은 파헤쳐진 무덤 같았고, 도려내어진 살점 같았고, 눈알이 없는 눈구멍 같았다. 또는 죽어 버린 나였다.

뚫려 버린 가시. 만약 강하고 폭력적인 무엇이, 글이라는 나의 방어 기제까지도 뚫어 버린다면 어쩌지. 이십 년 전의, 유치원생과 같은 시선으로 바라본 까여진 밤송이는, 사뿐사뿐 나무를 타는 다람쥐마저 사악하고 무섭게 느껴지도록 했다. 나는 왜 이다지도 약하고 썩은 알맹이를 지니고 살며, 또 글 없이는 어떻게 살아가야 하는가, 나는 왜 이다지도 무언가에 둘러싸이고 안기고만 싶은가, 다른 어떤 것으로부터 안겨야 나는 떨지 않게 될 것인가.

그날, 나는 산행을 멈추고 집으로 바삐 돌아왔다. 그리곤 생각도 못할 만큼 저급하고, 탐욕적이며, 더러운 글들을 몇 시간이고 썼던 것 같다.

고양이의 진심

서 계신 발치에 붕어빵을 내려놓고, 이제 고양이는 빤한 눈빛으로 당신을 올려다봅니다. 아무런 가르릉거림이나 날름거림도 없어요. 어떤 용기와 어떤 주저함을 뒤로한 눈빛일까요. 어떤 사람이시기에, 녀석에게 당신은 어떤 존재이시기에 녀석은 당신을 바라보고 있는 걸까요?

마음 맞는 사람과 차를 마신다는 것

커피나 차와 같은 따뜻한 음료에는 음료가 지닌 것 이상의 메시지가 담길 때가 있다. 그것들은 때때로 사람의 마음을 조금 더 무장 해제된 '날것'의 상태로 만들어 준다. 추운 곳에 머물고 있었던 굳은 마음이 흐물흐물해지고, 고드름처럼 날카로웠던 면면도 따뜻한 것에 녹아 맨질맨질해지는 것이다.

그것들은 지나간 시간을 추억하기에도 좋다. 아팠던 날에 마셨던 생강차, 선물 받은 것이기에 눈 꼭 감고 마셔야만 했던 다디단 프라푸치노 같은 것, 사랑하는 사람과 마셨던 녹차 같은 것. 그것들은 비슷한 맛, 심지어 비슷한 향만으로도 그때의 기억을 불러일으켜, 사람을 웃음 짓게 하거나 눈물짓게 하기도 한다. 때문에 카페와 찻집 역시 추억을 켜는 스위치가 되곤 하는 곳이다. 비교적 어디에나 있어서, 어디서나 추억을 불러일으키는 곳. 자주 아프고 자주 반가운 곳이 바로 카페라는 공간이다. 공적인 대화와 사적인 대화가 사방에서 오가며 섞이고, 정적과 소란이 교차하는 그곳에서, 우리는 그렇게 추억의 스위치를 켜곤 한다.

그런가 하면 추억의 스위치를 켜 주긴커녕, 인상을 찌푸리게끔 하는 것들도 있다. 대표적인 예로 산패된 커피가 있다. 볶은 지 오래된 커피의 유지 성분이 공기 중의 산소와 결합돼 풍미가 손실되는 현상이다. 이런 커피를 마시는 일은 여간 고역이 아닐 수 없다. 산미나 밸런스가 전혀 없이, 탄 것 같은 쓴맛만 느끼고 있자면, 추억의 스위치는 둘째치고 표정을 관리하기조차 힘든 상태가 된다.

관계 역시 비슷한 경우가 많다. 향기롭고 아름답기만 했던 관계는 시간에 지남에 따라 일전의 좋은 것들을 잃고, 씁쓸하고 인상 찌푸려지는 광경만 연출하게 된다. 음미하는 게 아닌 감내해야만 하는 관계가 있다.

반면 그렇지 않은 관계도 있다. 오랜 시간이 흘러도 향기로운 사람이 있다. 변함없이 웃어 주는 사람이 있고, 나 역시도 매번 웃음만을 주고 싶은 사람이 있다. 그런 사람과 함께 차를 마시다 보면 시간이 몇 배는 더 빠르게 흐르는 것 같은 신비를 경험하게 된다. 별말도 안

한 것 같은데, 별로 눈도 몇 번 못 마주친 것 같은데, 창밖은 어느새 껌껌한 암흑 속이다. 그런 사람과 함께라면 아무리 소란스러운 카페도 근사한 곳이 되고, 밍밍한 음료도 감미로운 한 잔이 되기도 한다. 무엇보다도 그런 사람과 함께라면 오래오래, 그리고 자주자주 만나 추억을 공유할 수 있다는 것이 가장 좋다. 쓸쓸한 표정과 몸짓으로 추억의 스위치를 켜는 것이 아닌, 말 그대로 추억에 취하기 위해 함께 추억의 스위치를 켜는 것은 얼마나 아름다운가.

그러니 만약, 지금 당신의 앞에 오래도록 마음이 맞아 왔던 사람 여전히 앉아 있다면, 좋은 차를 마시듯 지금을 음미하자. 카페는 어디에도 있고 커피 역시 카페가 아닌 모든 곳에 있겠지만, 그런 사람은 흔치 않으니까. 유일하기까지 하니까.

나는 여름밤이 더우면서도 참 추워서

나에게 쓸쓸함이란, 어쩌면 매일의 날씨만큼이나 사소하고 흔한 감정입니다. 그리고 요즘 나는 여름밤이 더우면서도 추워서, 사방으로 몸을 뒤척이곤 합니다.

당신이 누구인지 또 어디에 있는지, 사실은 아무것도 모르지만, 몇 센티미터만큼이라도 가까워질까 해서요, 사방으로 몸을 뒤척이는 겁니다.

그렇게 여러 방향으로 뒤척이다가 결국 잠에 드는 것은, 어딘가에 계시는 당신의 방향으로 조금이나마 가까워져서, 그래서 몇 센티미터쯤 덜 외로워진 까닭이라 여겨봅니다.

참 별것도 아닌 나의 쓸쓸함.

흔한 움직임들이 당신을 찾습니다.

당신이 있는 쪽으로 돌아눕습니다.

나는 여름밤이 더우면서도 추워서요.

떨어지는 희망의 조각들

어학원에서 강사로 일하던 때가 있었다.

그리고 그날은 초등학생들을 가르치는 날이었다. 여학생들은 조용했고, 남학생들은 항상 장난기가 넘쳤다. 여러 것들을 설명한 후, 아이들에게 문제를 풀게끔 했다. 나는 교실의 이곳저곳을 거닐며, 학생들 개개인이 문제를 푸는 모습을 지켜보고 있었다.

이삼 분쯤 지났을까, 여느 때와 같이 녀석들이 떠드는 소리가 들리고 있었고, 이내 무언가가 내 머리 위로 혹하고 날아들었다. 연두색의 테니스공이 교실 뒤쪽의 벽걸이 시계에 그대로 박혔다. 시계의 유리판이 그대로 깨어져 떨어져 내렸다. 한 여학생의 머리 바로 위였다.

그 짧은 일 초 남짓한 시간, 시계가 부서지고 나의 몸이 움직이는, 다급한 움직임들이 있었다. 유리 조각들이 나의 두 손바닥 위로 우수수 뿌려졌다. 개중에는 제법 알이 굵은 유리 조각도 섞여 있어, 손바닥에선 잠깐 잘

그락거리는 소리마저 날 정도였다. 나는 손에서 피가 날 것이라는 생각을 할 겨를도 없이, 여학생의 머리 위로 두 손을 뻗어야만 했다.

유리의 비가 다 내리고 난 후에 살펴본, 열 살배기 여학생의 얼굴은, 다만 유리가 깨지는 소리에 놀라 천진하게 웃고만 있을 뿐이었다. 안도한 나는 그것을 보고 난 후에야 내 손을 살폈다. 놀랍게도 티끌만한 생채기 몇 개만이 생겼을뿐, 손바닥은 말끔했다. 다행이라고 생각했다. 부서진 시계의 시침은 기능을 잃어, 축 처진 취객의 팔처럼 숫자 6만을 가리키고 있었다. 그렇지만 분침과 초침은 예전처럼 잘 돌아가고 있었다. 그것 역시 참 다행이라고 생각했다.

당신을 생각했다. 당신은 열 살배기 아이처럼 천진하게 웃는다. 우주에 상처 없이 살아가는 존재가 과연 있겠느냐마는, 당신이 이십 몇 년을 살아오면서 이것저것에 아프게 긁혀왔던 것을 나는 안다. 내가 그 상처들을 전부 아는 것은 아니어도 말이다. 그럼에도 나를 보고 환하게 웃어 주는 것을 보는 일은, 나로 하여금 한편으로 눈물겨우면서도 견디며 사는 행위의 의미를 찾게끔 한다. 안아 주고 싶게끔 한다. 당신의 몸통이 나의 한 팔에 다 들어온다는 것을 깨달은 날, 나는 그토록 조그만 사람이 있다는 사실에 소스라쳤다. 그리고 괜찮다면, 이 팔 안에서 계속해서 있어 줬으면 좋겠다고 생각했다.

나는 당신 머리 위에 있고 싶은 두 손바닥. 세상이 삐죽거리며 깨어져 쏟아 내려도, 당신이 나의 아래에 있다면 그것들은 희망이다. 다치는 것은 당신이 아니라 참 다행일 것이다.

깨어진 세상의 시침이 기능을 잃어도, 온전히 남아서 돌아가는 시침과 분침처럼, 당신과 내가 춤을 출 수 있는 세상이라면, 그것 역시 참 다행일 것이다.

고양이의 진심

해질 무렵에는 부쩍 태양이 지구와 가까워
진 것만 같은 느낌을 줍니다. 종말이 올 것 같은 느낌을 주기
도, 다시는 없을 오늘만의 낭만을 주기도 하는 겁니다.

해질 무렵은 고양이들이 가장 좋아하는 시간입니다. 꼭 다시는
내일이라는 것이 찾아오지 않을 것만 같잖아요. 그래서 다른 때
보다 더 용기를 낼 수 있을 것만 같잖아요.

해가 집니다. 살을 맞대기 좋은 시간입니다. 우리가 가까워지기
좋은 시간입니다.

웃는 얼굴이 첫 번째

"그 집 사장님이 불친절하기로 유명한데, 맛 하나는 끝내줘. 진짜야, 그런 거 다 제쳐 두고라도 먹어 볼 가치가 충분해."

종종, '불친절하지만 맛있는 식당'을 내게 추천해 주는 친구가 있다. 꼭 저런 말과 함께였는데, 나는 그때마다 알겠노라고, 흥미로우니 다음에 꼭 한번 가보겠노라고 대답을 하곤 했다. 그렇지만 사실 나는 그런 곳을 별로 좋아하지 않는다. 딱 한 번, 불친절하지만 맛있기로 유명한 식당에 간 적이 있었고, 나는 '과연 이 음식에 이런 불편한 분위기와 불친절을 감내하면서까지 먹을 가치가 있을까?' 생각하며 고개를 연신 갸우뚱거릴 뿐이었다.

내가 입이 둔해서일까? 아니면 미식보다도 다른 어떤 가치를 우선시하기 때문일까? 나는 식당을 고를 때 맛보다도 분위기를 우선시하는 경향이 있다. 여기서 내가 말하는 분위기는 얼마나 그 식당이 호화스러운지(이를테면 고층 빌딩의 스카이라운지에 위치했다거나)가 아닌, 얼마나 그 식당이 손님을 진심으로 맞이하느냐의 그것이다. 이십 년도 더 된 허름한 칼국수집이라도, 주인 할머니의 미소가 한없이 몽글몽글하고 투명하면, 혼자임에도 주저함이 없이 그곳에 빨려 들어가게끔 하는 매력이 있다. 반면 맛있기로 소문이 나서 가게 앞에 사람들이 장사진을 친 점포여도, 점원이나 점주의 표정이 경직되어 있거나, 공장처럼 음식을 찍어 내기에 바빠 손님들과의 소통이 전혀 없다면, 일단 마음 깊은 곳에서 우러나는 '들어가고 싶다!'는 생각이 전혀 생기지 않는다.

종종 식당 앞의 발판에 'welcome'이라는 말이 적혀 있는 것을 볼 수 있다. welcome은 '다정하게 맞이하다, 환영하다'라는 뜻으로, well(잘)과 come(오다)이 결합된 파생어로, 말 그대로 '잘 오셨습니다.'라는 뜻을 지닌 말이다. 잘 오셨습니다. 그만큼이나 따뜻한 말이 없다. 맞아 주고 안아 주는 분위기만큼 사람을 끄는 것도 없는 법이다.

사람 역시 마찬가지, 살과 뼈의 안에 어떤 따뜻한 진심이 있는지는 알 길이 없다. 다만 그것들을 꺼내어 상대방에게 들려주기 전에는 웃는 얼굴이 먼저. 따뜻한 웃음이 먼저, 좋은 마음은 그다음에.

　웃어라, 온 세상의 좋은 사람과 좋은 것들이 당신에게 향한다.

한 번 보고 말 사람들

'한 번 보고 말 사람들'이라는 말을 싫어한다. 보통 그 말이 있은 뒤에는 무책임한 말과 행동들이 뒤따르곤 하기 때문인데, 그런 무책임함에 직접 피해를 보거나 눈살을 찌푸린 경험이 적지 않다.

그렇지만 그 '한 번 보고 말 사람들'이 정말 '한 번 보고 말 사람들'일까. 세상은 참 넓으면서도 좁고, 인간의 생각대로 흘러가지만은 않아서, 생각지도 못한 상황과 장소에서 영영 못 볼 줄 알았던 어떤 사람을 다시 마주치고 만다. '그때 이 사람에게 내가 왜 그랬을까?' 와 같은 후회는 해도 늦었다. 다만 식은땀을 흘리며 변명을 하거나 애써 모르는 척을 하고 있을 거다.

그러니 함부로 몸과 마음을 움직이지 말자. 용기와 과감함을 포기하라는 말이 아니다. 다만 함부로 하지만 말기를. '어쩌면 언젠가 다시 보게 될 사람들'이다, 인연의 끈은 어떻게든 엮여 있다.

국수를 삶으며

집에서 책을 읽거나 밀린 강의 준비를 하거나 원고 작업을 하고 있으면, 종종 어머니께서 나를 부르실 때가 있다. 하던 것을 덮고 가서 대답하면, 당신은 쌀국수가 드시고 싶으시다 말씀하신다. 우리 가족은 마른국수를 베이스로 한 인스턴트 쌀국수를 집에다가 쟁여 놓곤 하는데, 어머니가 특히 그걸 좋아하신다.

나는 온전한 나의 시간을 방해받은 기분에 조금은 짜증 섞인 마음으로 자리에서 일어난다. 부엌으로 가서 길쪽하고도 뻣뻣한 마른국수를 삶기 시작한다. 이때 폭이 면의 길이보다 좁은 냄비에 억지로 면을 욱여넣으면 면이 뚝뚝 부러지는데, 이렇게 부러진 채로 담겨 삶아진 면은 먹을 때 국수를 먹는 본연의 재미를 못 느끼게끔한다. 면보다는 '뚝뚝 끊어져 버린 어떤 것'을 먹는 기분. 그렇기 때문에 '아무리 귀찮고 번거로워도 한 번 먹는 거, 맛있고 기분 좋게 먹는 게 좋지.' 그런 생각으로

면이 조금 유연해졌을 때쯤 조심스레 면을 구부려 냄비의 물에 잠기게 한다. 그리고 그것을 끓이다 보면 쌀 면특유의 고소하고도 탁한 향이 올라오기 시작한다.

그때쯤이면 화와 짜증은 어느덧 삶아진 면발처럼 부드러워지고, 몽글거리는 마음 상태가 된다. 그리고 동시에 나는 어머니 당신의 건강을 빌고 있다. 국수는 어르신의 생일상을 차릴 때나 아기의 돌상을 차릴 때 자주등장하는 음식이다. 다른 음식들보다도 길쭉하고 얇은모양이, 아프지 말고 오래오래 살기를 바라는 마음과 닮아서이다.

나의 어머니도 사람이고, 나이를 드셔감에 따라 몸의이곳저곳이 편찮으신 와중이다. 국수를 삶으며 빈다, 건강하시라고. 국수의 면발처럼 길게 함께하자고. 갓 끓은면발처럼 따뜻하게 살자고, 우리.

이목구비가 시원하시네요

'시원하다'라는 말만큼 범주화가 쉽지 않은 표현도 드물 것 같습니다. 국물이 시원하다, 마음이 시원(섭섭)하다는 것과 같은 표현 말입니다. 시원하다, 그래서 그것의 온도가 차갑다는 걸까요, 뜨겁고 칼칼하다는 걸까요. 마음이 산뜻해졌다는 걸까요, 허해졌다는 걸까요?

시원하다는 표현은 우리들의 겉모습을 설명할 때에도 애매하게 사용되곤 합니다. 한 번은

"이목구비가 참 시원하시네요."

라는 말을 들은 적이 있습니다. 당시에도 저는 도대체 어떤 뜻에서 한 말인지 감을 못 잡았던 것 같습니다. 그리고 저는 오랜 뒤 다른 누군가가 또 다른 누군가에게 이목구비가 시원하다는 말을 하는 장면을 다시 목격했습니다.

그런데 그 사람은 저와는 전혀 다른 외모를 지니고 있었습니다. 눈, 코, 입을 하나하나 따져 놓고 봐도 저와는 정반대의 어딘가에 있는 사람이었기 때문에, 저는 더욱더 혼란스러운 마음이 됐습니다. 그건 다음번의 목격에서도, 또 그 다음번의 목격에서도 마찬가지였습니다.

그러나 딱 한 가지 공통점이 있는 것 같았습니다. '이목구비가 시원하다' 라는 말을 들은 모든 사람은 정말이지 '시원한' 표정으로 웃는다는 겁니다. 저 역시도 그 말을 듣고 기분이 좋아져, 몇 초간 오랜만에 크게 웃었던 것 같습니다.

어쩌면 시원하다는 표현은, 자신의 마음에 멋지고도 청량감이 있게 다가온 무언가를 향해 하는 말이 아닐까 하고 생각을 해봤습니다. 실제로는 시원하게 생기지 않은 사람일지라도, 내 시선과 마음에 시원하게 다가오면 그런 말을 해보는 겁니다. 국물의 맛이 마음에 쏙 들고 맛의 중추를 자극하면, '아! 시원하다!' 하고 외쳐 보는 겁니다.

시원한 사람이 되고 싶습니다. 누군가에게 자주 마음에 쏙 드는 사람이길 바랍니다.

베트남 박지성

햇수로 5년째 먼 나라의 한 어린아이를 후원하고 있다
(말은 후원이라고 거창해도 매월 3만 원씩 자동 이체로 송금하는
시스템이다). 글쎄, 어떤 마음으로 후원을 시작하게 됐는
지는 잘 기억은 나지 않지만, 한국 돈 3만 원이 그 나라
에서 지닌 가치에 대해 알게 됐을 때의 충격은 아직도
가시질 않는다. 나는 베트남에서 지내본 적이 없어 뚜렷
한 실감은 나지 않지만, 우리 돈 3만 원이면 베트남 중
산층 한 달 생활비의 절반 정도는 된다고 한다. 처음 그
사실을 알 게 됐을 때 괜스레 어깨가 무거워지는 기분이
들었다. 나는 어떤 가볍거나 섣부른 마음으로 이 도움을
시작하게 됐나, 뭐 그런 마음이었다. 동시에 드는 생각
은 '한번 시작한 이상 무책임하게 발을 빼진 말자!' 였
다. 나에겐 고작 3만 원을 그만 보내는 것이겠지만, 그
들의 입장에선 제법 큰 생활비가 빠져 버리는 것이었으
니까.

나와 후원 관계를 맺은 아이의 간략한 프로필이 적힌 카드가 배송됐었던 날을 기억한다. 짧고 검은 머리에 커다란 검은 눈동자. 사진의 밑으로는 '취미는 축구예요'라고 적혀 있었다.

몇 년 전의 새해였을까, 나는 튼튼해 보이는 축구공 하나를 베트남으로 보냈다. 밥을 잘 챙겨 먹는 것도 중요하지만, 좋아하는 것 역시 포기하지 말고 하길 바라는 마음에서였다. 그 후론 가끔 녀석이 공을 차며 노는 꿈을 꾸기도 했었다.

몇 년의 시간이 더 지나고 나면 우리가 만나게 될 수도 있을까. 나는 문득 그리 됐으면 좋겠다고 생각했다. 베트남의 작은 박지성을 만나게 됐으면 좋겠다고.

점심을 먹었는데,
지금 또 점심을 먹습니다

'밥 먹었어요?' 라는 말만큼 일상적이면서도 설레는 인사말이 또 있을까. 또 그만큼이나 사람을 타는 질문이 또 있을까. 지인이라는 범주에 들지 않는, 다분히 공적인 관계에 있는 사람이 그런 질문을 할 땐 마음에 별다른 설렘이 일지 않는다. 다만 나도 사무적인 말투로 네, 그럼요. 밥 먹었죠. 그쪽은요. 그렇게 되받아칠 뿐. 그 공간과 상황에서 오가는 질문과 대답에는 영혼이 담겨져 있지 않다. 머릿속에서 '안녕하세요.' 와 비슷한 코드로 인식되기만 하고, 실제로 같이 밥을 먹자는 의사도, 당신의 끼니를 걱정한다는 진심도 담겨져 있지 않은 것이다.

거짓말을 자주 하는 편이 아니더라도 종종 거짓말을 할 수밖에 없는 상황이 있다. 마음에 두고 있던 사람에게서 위와 같은 인사말을 들었을 때다. 분명 조금 전에

밥을 먹었는데(심지어 거하게), 그래서 입에서는 정직하게 '네, 먹었습니다.'와 같은 대답이 나오면 되는 건데. 그게 쉽지 않다. 쉽지도 않은데다가 심지어 반대로 대답하고 싶어지는 것. 아직 식전이라고 거짓말을 뱉고, 아주 운이 좋은 경우엔 같이 식사를 하는 게 어떻겠냐는 제안을 들을 때면, 이때쯤 되면 머릿속에선 온갖 환희와 난감함이 교차해 어지러워진다.

어영부영 도착한 식당, 부를 대로 부른 배는 소리를 질러 댄다. 그렇지만 연신 맛있는 표정을 지으며 음식을 입에 쓸어 담아야만 한다. 그러다 보면 실제로 음식이 맛있게 느껴질 때도 있다(기분 탓인지는 몰라도). 어느새 괴로울 정도로 느껴졌던 포만감은 잊히고, 나는 그 사람 앞에서 연신 웃는 얼굴로 앉아 있다. 무표정이 백 중 팔십이던 내가 그렇게 환하게 웃고 있다.

그런 날이면 이상하게 도통 못 이루던 잠도 깊이 잘 수 있었다. 나는 애써 식곤증 비슷한 증상이라고 에둘러 넘기곤 했다. 점심을 두 번이나 먹어서 그런 것이라고.

그렇지만 잠에서 깨어 또다시 아침 겸 점심을 먹을 때면 깨닫게 되는 것이다. 아무리 배가 불러도 함께 있는 것이 좋아서, 마음이 고파서, 당신이 고팠기 때문에. 그래서 당신과 함께일 때 그렇게도 웃었노라고. 헤어지고 나서도 행복감에 취해 잠도 잘 이룬 것이라고.

발렌타인

이월 십삼일, 비가 내려서 나는 밖으로 나가기를 포기했습니다.

커튼 사이로 푸른빛이 비집고 들어오는 방에서, 나는 거리를 오가고 있을 이들의 표정을 상상합니다. 발렌타인을 하루 앞둔 벅찬 표정과 발걸음들이 있겠지요.

침침한 방에 누워 있던 나는 '애초에 단것을 못 먹으니, 그깟 기념일쯤 필요 없다'고 고개를 내저었지만, 문득 호흡기에 턱 걸리는 얼굴이 있었습니다.

단것을 참 좋아하던 사람, 단것을 몇 보따리고 사주고 싶게끔 했던 사람이 있었습니다.

비가 오는 날엔 소리와 냄새에만 예민해지는 것으로 알았는데, 당신 역시 소리와 냄새 같은 사람이었는지요. 잠긴 목소리가 달았고 로션 향이 달았고, 음식을 만들 때 파의 냄새가 달았습니다.

정말이지 이월은 이상한 달입니다. 그 달콤한 나날들

속에서 나 혼자서만 쓴맛을 느낀다는 건, 단것을 못 먹는 가문의 슬픈 숙명 같은 걸까요, 그렇게 생각하면 조금 더 편할까요.

초콜릿을 사러 나갈까 고민했습니다.

단것을 드릴 때마다 그대가 웃었으니까요.

나는 그게 달았으니까요.

2015년 6월 29일

며칠 전 누군가 내게 이런 질문을 했다.

"마음이란 건 대체 어디에 있는 걸까? 머리가 아니면 심장 쪽에 있는 걸까?"

당황스러웠다. 글을 쓴다며 온갖 속 깊은 척은 다 하던 내가, 글의 본원이나 다름없는 마음이 어디에 있는지에 대한 고민을 제대로 해 본 적은 또 없었기 때문에. 그 새벽, 나는 마음이 어디에 있는지에 대해 나름대로 상상을 하느라 한숨도 잠을 못 이루었다.

마음은 익숙한 옛 연인의 냄새를 맡음으로써 동하기도 하고, 종이에 베인 손가락으로부터 터져 나오기도 한다. 때론 익숙한 광경을 보다가도 마음은 흔들린다. 그렇다면 마음을 감지하는 매개는 도대체 어디인가. 코인가, 촉각인가, 눈인가?

그리고 그 생각의 끝에, 나는 마음이란 건 지구를 맴도는 달이라거나, 목성의 유로파, 가니메데처럼 사람의 주변을 위성처럼 둥둥 떠다니는 것이 아닐까 하는 가설을 세우기에 이르렀다. '나의 마음'은, 나라는 사람의 중력으로 인해 규칙적으로 내 주변을 맴돈다. 그러다가도 나의 흔적이 묻어 있는 – 예를 들면 나와 당신이 공통적으로 좋아하는 음악 – 것들을 마주치면, 본체인 나와 내 흔적 사이의 중력들로 흔들리는 것이다. 그럼으로써 마음이 흔들려 버리는 것이다.

하나 더, 마음은 보이지 않지만 때때로 물리적 영향을 받는 게 아닐까 하는 가설이었다. 비가 쏟아붓던 어느 밤, 술에 취해 끝없이 긴 길을 걸었던 밤을 기억한다. 옷과 머리카락은 이미 흠뻑 젖어 있었다. 비를 좋아하는 나에겐 멋진 이벤트일 수도 있었겠으나, 나는 어쩐지 마음도 점점 축축이 젖어가는 것을 느꼈다.

사실 마음이라는 것의 실체는 그 누구도 알 수 없어, 그것이 물에 젖는지, 아니면 그 외의 물리적 영향을 받는지는 알 길이 없었다. 그럼에도 차가운 바닷속에 풍덩 빠져 버린 느낌이 들었던 것. 춥고 슬픈 밤이었다. 결국, 나는 이미 모든 곳이 젖어 버린 몸임에도 편의점에서 우산을 사야만 했다. 마음이 계속 젖는 것을 더는 견딜 수 없었기 때문이었는지도 모르겠다.

　당신의 마음이 빗물에 흠뻑 젖어 있는지, 불타고 있는지, 어딘가가 구겨지고 찢어져 있는지는 나로서는 알 수가 없다. 사실 당연한 것이다. 다만 나는 당신의 온몸이 젖어 있다 해도 우산을 씌워 주거나, 겉모습을 아주 아름답게 단장을 했어도 어젯밤의 눈물에 대해 손수건을 건네줄 수 있는 사람이 되고 싶다.

　당신의 마음이 언제나 비 맞지 않기를, 당신과 당신의 흔적 사이의 중력으로 흔들리지 않기를, 늘 안녕하길 바란다.

빈 곳

변태 같지만, 나는 텅 빈 곳을 사랑합니다.

텅 빈 방 또는 공원이라든가, 어쨌든 텅 빈 공간을 좋아합니다. 공간감이라는 것을 좋아합니다. 예를 들면 누군가가 입주하기 전의, 도배조차도 되지 않은 빈집 같은 곳을 좋아합니다. 그리고 그런 널찍한 곳의 한가운데에 혼자 앉을 만한 의자나 돌덩이 비슷한 것이 있는 것을 좋아합니다.

그런 곳에서 눈을 끔뻑이고 있자면, 눈으로 들어오는 거침없는 시야가 썩 시원합니다. 깨끗합니다. 비행기가 구름을 그으며 지나가는 하늘을 보는 것 같은 기분입니다.

그래, 마치 퇴근길에서 느낄 법한 그런 기분이 되는 거예요.

그런 곳에 앉거나 서 있을 때면 그 공간이 어느새 온전히 나를 위해 존재하는 것만 같거든요. 그래서 그 공간의 마음을 들은 내가 마음껏 그 공간을 즐기는 건지도 모르겠습니다. 나를 많이 기다렸냐며, 나는 너라는 공간이 참 좋다며 혼잣말을 하거나, 쉬거나, 낮잠을 자다 가거나 하는 겁니다.

마찬가지로, 나는 나의 속이 꼭 그런 모양으로 비워지길 바랍니다.

노란색과 꿀과 꽃향기가 넘치는 상태는 정신의 울렁거림을 일으킬 뿐이라 생각해요. 따라서 내게는 쓸데없는 망상과 일회용품 같은 생각들을 자기 전에 종이에 적어서 버리는 습관이 생겼는데요, 속된 말로 생각을 '싸는' 작업이지요. 나는 매일매일 그런 방식으로 내 마음에 생겨나는 잡초를 뽑고, 벽지를 뜯어냅니다.

내가 원하는 바처럼, 내가 사랑하는 몇몇 공간들처럼, 나는 내 안이 널찍했으면 좋겠습니다.

앉아 쉴만한 무언가만 있으면 합니다.

그리고 오늘 같은 날의 오늘 같은 밤이면, 나는 어디의 누구인지, 몇 살인지도 모르는 당신을 생각합니다.

간곡히 바라건대, 당신도 텅 빈 공간을 좋아했으면 좋겠습니다. 당신도 당신만의 어딘가 텅 빈 장소를 한두

군데 알고 있으면 합니다. 그래서 나아가 나의 속 역시 마음에 들어 했으면 합니다. 어쩌면 당신만을 위해 텅 비워 둔 내 속 말이에요. 내가 애써 비우고 부수고 벗겨 낸, 휑한 내 마음의 한가운데에 당신이 맘껏 앉았으면 해요.

그래서 내게 많이 기다렸냐며, 나는 너라는 공간이 참 좋다며 혼잣말을 해 주거나, 쉬거나, 내게서 낮잠을 자고 갔으면 하는 거예요.

크리스마스

크리스마스가 오면 기름진 음식을 두어 가지 준비해야지.

맥주를 넉넉히 사다 두는 것도 잊지 말아야겠다. 이터널 선샤인과 친절한 금자씨, 러브 레터 같은 영화를 쌓아 두고 봐야겠다.

밤이 오면 어두운 녹색이나 검붉은 색이 섞인 옷차림으로 거리에 나가 볼까.

눈이 내리면 좋겠다, 차가운 이어폰을 귀에 꽂는 순간이 더 두근거릴 수 있을 테니까.

그리고 오가는 사람들 속에서 작게 웃어야지, 충분하다고, 1인분으로도 좋다고.

이 인분을 너끈히 감당할 수 있는 겨울이 오면, 이 좋은 것들을 누리며 그때의 당신을 만날 준비를 해왔노라 말하겠다고.

고양이의 진심

다시 밤이 왔습니다, 추운 밤입니다.

활기찼던 거리가 깡그리 청소되는 시간, 나름의 사연 있는 존재들만 남게 되는 때입니다. 작은 몸을 한껏 웅크립니다. 그렇지만 파고드는 추위에는 방법이 없습니다.

어디쯤에 계신가요, 그는 지금, 자신을 힘껏 안아 줄 누군가가 절실합니다.

아무도 말하지 않는 어떠한 불편함

나는, 아니 모든 사람은, 거대한 인과의 숲속에서 살아가고 있다는 것을 시간이 지남에 따라 깨달았다. 모든 것엔 이유가 있다는 것.

예를 들면 우리는 먹는다. 먹는 것은 배가 고파서이고, 배가 고픈 것은 굶어서 고픈 것이다. 굶은 이유로는 누군가는 슬퍼서, 다른 누군가는 돈이 없어서일 것이다. 아침에는 해가 뜨고 밤이면 달이 뜬다. 지구가 빙글빙글 도는 탓이다.

일본의 어떤 숲은 터무니없이 넓어서, 그곳에서 '누구도 만나지 못한 채로' 길을 잃으면, 빠져나오지 못하고 죽음에 이를 정도라고 한다. 그렇지만 '인과의 숲'은 그것보다 몇 배, 몇 천 배는 더 넓어서, 이유를 찾는 과정에서 길을 잃는 것이 부지기수다. 처음 인과의 숲에서 길을 잃은 것은 중학생이 채 되기 전으로, 등굣길에 만난 육교 때문이었다. 어린 나에게 끔찍이도 높았던 육교

는, 반만큼을 오르는 것만으로 숨이 가빴고, 꼭대기에
올랐을 땐 헛구역질이 나올 정도였다. 나는, 육교 위의
빈 깡통 같은 것을 발로 몇 번을 걷어차며 처음 불만을
토로했다.

  "짜증나네. 누가 이딴 걸 만든 거야. 사람이 다니는
길이 먼저 아니야?"

  그렇지만 육교 아래의 도로는 꽤 큰 도로였고, 횡단
보도는 저 멀리에 하나, 그리고 반대편 저 멀리에 하나
있는 것이 전부였다. 여러모로 따져 봐도 육교가 있어야
만 했던 것이다. 나는 교복을 입을 무렵이 돼서야 '육교
의 존재 이유'에 대해 알게 됐고, 투정 없이 그 육교를
올랐다. '육교' 라는 것의 존재 이유는, 인과의 숲의 초
입쯤에 위치한, 아주 찾기 쉬운 것이었다.
  오늘 출근길의 좌석 버스에선 유독 케첩의 냄새가 강
렬하게 풍겼다. 비닐이 부스럭거리는 소리와 함께였다.
길거리에서 팔곤 하는 토스트의 냄새 같았다. 고요한 아
침의 버스 안, 들리는 것은 디젤 엔진 소리와 토스트의
부스럭거림, 그리고 케첩의 냄새를 의식하는 여럿의 콧
소리가 전부였다. 그러나 그것에 대해 불만을 내비치는

목소리는 없었다. 버스라는 공간은 그런 곳이었다. 냄새 나는 것보단 쾌적한 것이 좋지만, 또 소란스러운 일이 생기는 것보단 차라리 냄새나는 것이 나은 곳. 누군가 케첩의 냄새에 대해 불편함을 느껴 '불편하다'고 말한 다면, 그것을 듣는 다수의 누군가는 듣기에 '더 불편할 수도' 있는, 그런 불편한 상황.

버스 안의 모두는 인과의 숲을 헤맸다. 왜 군이 버스에서 허겁지겁 토스트를 먹어야 하는지, 그것이 혹여 슬픔이라거나 다른 어떠한 절박함이 스며 있는 행동이라면? 원인을 알지 못하는 채로 불만을 표출하는 것은 때로 옳지 못할 때도 있었다. 이를테면 육교의 존재 이유를 모르는 채로 욕지거리했던 어린 날의 나처럼, 승객들은 인과의 숲에서 결국 케첩 냄새의 원인을 찾지 못한 채로 각자의 목적지에 내렸고, 이내 부스럭거림은 들리지 않고, 케첩의 냄새 역시 사그라졌다. 버스는 평화를 되찾았다.

물론 함부로 불편함을 토로하는 것은 좋지 않지만, 그 모든 것의 책임은 행위자에게 있는 것이 사실이다. 어떤 사정이 있어서건, 죽기 직전이어서 그랬건, 케첩 냄새를 풍긴 것은 미안해야 할 사실이라는 것이다.

지금 역시 마찬가지다. 열두 시가 넘은 완연한 밤, 공동 주택 단지의 주민들 대다수는 벌써 잠이 든 뒤다. 그렇지만 누군가는 밤의 거리에서 한 시간째 울부짖고 있다. 창을 열어 밖을 봤을 때, 울부짖음은 더욱 처절히 귀를 찢었다.

　나는 다시금 인과의 숲으로 들어가, 나름의 이유를 찾아보려 했지만, 얼굴도 모르는 이가 서글프게 우는 이유를 추리해낼 수는 없었다. 불편함을 느꼈고, 그것은 다른 세입자도 마찬가지였을 것이다. 그러나 한 시간 내내 그에게 다가가 무언가를 말하는 이는 없었다. 울고 있는 이유는 알 수 없다. 다만 그것은 참 서럽게 들린다.

　당신을 떠올렸다. 당신은 나와 눈을 마주칠 때마다 눈동자를 흔들었다. 마치 불편하다는 듯. 그건 당신의 마음이 내 마음 같지 않다는 뜻이었다. 그렇지만 나는 미안하면서도, 마음을 멈출 수 없었다. 당신이 다시금 눈동자를 흔들었다.

　당신아, 그렇지만 당신 역시 내게 함부로 불편함을 토로할 수는 없다. 내가 그 눈을 뚫어져라 보는 것은 나름의 마음과 사연이 있기 때문이고, 당신은 또 그걸 모르니까. 나는 넓디넓은 인과의 숲 정 가운데, 숲의 심장부에 당신을 사랑하는 이유를 숨겼다. 평생 당신을 사랑하는 나를 함부로 불평할 수 없도록.

나는 불이 다 꺼진 공동 주택에서, 무례하도록 밝게 전등불을 켜두었다. 이것은 날이 어두운 내내 계속 밝혀져 있을 심산이다.

지금, 이불처럼 덮쳐와 그것을 꺼줄 당신이 간절하다.

나 아닌 이와의 추억

한 사람과 띄엄띄엄 연애를 지속했던 날들이 있었다. 얼마간을 만나다가 얼마간을 헤어져 지내고, 다시 얼마간을 만났었던 나날들이.

우리가 잠시 떨어져 지낼 때, 우리는 각각 또 다른 사람을 만나기도 했었다. 그리고 그 사람은 어땠을지 모르겠지만, 나는 전해져 들려오는 그 사람의 연애 소식에 잠을 못 이루거나 술을 들이붓기도 했었다. 이를테면 건너건너 들어간 SNS에서 다른 남자와 함께 찍은 사진을 보고 난 뒤, 혹은 그 사람의 주변인들로부터 다른 사람의 이름을 전해 듣고 난 뒤에.

자존심이란 참 있다가도 없는 것이라서, 우리가 다시 만남을 이어가게 됐을 때, 나는 그 '다른 남자'의 존재를 알고 있었음에도 모르는 척을 하곤 했었다. 마치 '우리가 헤어진 동안 네가 어떤 사람을 만나 어떤 것들을 했는지, 나는 관심도 없었다고!' 라고 말하는 듯이.

뒤로도 우리는 만남의 실을 끊고, 끊어진 실을 도로 엮는 만남을 이어갔다. 그리고 어느 순간을 기점으로 그 만남의 끈은 영영 끊어져 버렸다. 나는 다른 사람들을 만났고 아마 그녀 역시 그랬을 것이었다.

그리고 가끔은 영영 멀어져 버린 그 사람이 궁금했다. 달콤했던 숨 냄새를 다시 맡고 싶었고 자주 그래 왔던 것처럼 인사동 찻집에서 전통차를 함께 마시고 싶었다. 그리웠다. 그 사람이 궁금했다. 그리고 자존심과 같은 것들이 모두 무의미해져 버린 지금에 와서야, 나는 스스로에게 솔직할 수 있게 된 것이다.

방법은 조금 삐뚤어졌었는지도 모르지만, 너의 모든 순간이 궁금했다고, 내가 없을 때의 순간들마저 궁금했다고. 내가 아닌 다른 사람과의 추억들까지도 모조리 궁금했다고. 그 낯설고도 행복한 표정을 나도 보고 싶었다고. 내가 없을 때의 너는 어떤 모습과 어떤 표정이었느냐고. 내가 아닌 사람과는 어떤 길을 걸었고 어떤 미소를 지었느냐고. 이상하게 들릴지는 모르겠지만, 그렇게 너의 그 순간들이 모조리 궁금했다고. 그 장면들까지 소중히 여기고 싶었다고.

그럴 일은 없겠지만, 우리가 만남의 실을 끊고 잇기를 반복하던 그때로 돌아갈 수 있다면, 나는 자존심을 제쳐 둔 채로 그런 마음들을 말해 줄 수 있을까. 모르겠다.

남과 백에 관하여

남색과 감청색, 파란색 사이엔 미묘한 차이가 있었겠지만, 나는 너로부터 그런 계통의 색이 잘 어울린다는 칭찬을 들었었다.

'청'의 나날들이었다. 입은 옷들이 푸르렀고 네 시선이 시원했다.

서로가 서로에게 무언가를 청하면 기꺼이 응했고 그게 거북하지 않았다. 산뜻했다.

만월 같았던 사람, 온통 검푸르고 음울한 인생 가운데로 덩그러니 떠올라준 사람.

나는 크림색 또는 희끄무레한 색의 옷이 잘 어울리는 너를 보면서, 보름달 같던 너를 보면서, 영영 내 삶 가운데서 떠나지 말고 있어 주길 바랐었다.

그렇지만 애초에 달이나 천체 같은 것들은 잡아 둔다거나 할 수 없는 것.

만월은 삭월이, 곱던 얼굴은 새까만 뒷모습이 됐고,

그날로 내 세상은 완벽한 네이비가 됐다.

밤에도 감청색 기운이 없는 백야의 나라로 향하면 그대가 가까워질까, 나를 피해 그곳에 그대가 살고 있을지도 모를 일이다.

노르웨이에서 스웨덴으로, 그리고 남극으로. 가끔은 백야의 나라를 향해 야간 비행을 하는 꿈을 꾼다.

하늘이 점점 희어지고 네가 마중을 나오는 꿈이었다.

나는 매번 5분쯤 더 너를 사랑했었다

너는 내게 습관처럼 말했었지, 자신은 늘 반듯한 자세로 있는 사람이라고. 아무리 피곤하고 불안해도, 다리를 떤다거나 손가락을 물어뜯는 법이 없이 정갈하게 앉아 있는 편이라고.

그렇지만 어떤 부분에 있어서 나는 너보다도 너를 더 잘 알아. 너는 너도 모르게 왼쪽 다리를 너만의 일정한 템포에 맞춰서 떠는 버릇이 있는 사람이었어. 나를 멍하니 기다릴 때면 혀로 윗니를 매만지는 사람이었어. 내가 눈앞에 나타나고 나서야 다시 네가 말하던 그 '반듯한 사람'이 되는 사람이었어.

그리고 나는 그런 너를 보는 게 참 좋았어. 이상하다고 생각할 수도 있겠지만, 나는 매번 나를 기다리고 있는 너를 어느 정도 떨어진 곳에 서서 바라보는 것이 좋았어. 자세가 반듯하기는, 습관이 없기는 무슨, 이런 생각을 하며 쿡쿡 웃는 시간이 좋았어.

너의 모든 모습이 궁금해서 그랬던 거야. 나와 함께
일 때가 아닌, 내가 없을 때, 나와 함께이지 않을 때의
모습도 궁금해서 그랬던 거야. 그리고 한 장면도 빠짐
이 없이 좋았어. 만일 우연히 우리가 다시 마주칠 일이
있다면, 그땐 솔직하게 말할 수 있을까, 이런 것들에 대
해서 말이야. 너는 사실 그런 버릇이 있다고, 알고 있었
냐고.

지금은 또 어때, 지금은 어떤 버릇과 표정들로 나날
을 보내고 있어? 될 수 있으면 너를 먼 곳에서 지켜보고
싶지만, 이제는 절대로 그럴 기회는 없다는 걸 잘 알아.
모든 것이 궁금했어, 그리고 모든 것이 보기에 참 좋았
어. 다만 그 말이 꼭 하고 싶었어.

곡

"어렸을 땐 피아니스트가 되는 게 꿈이었는데, 글쎄,
그때 폐렴을 크게 앓는 바람에 학원을 오래 쉬게 된 거
야. 그때부터 천천히 피아노 치는 법을 잊기 시작한 것
같아."

그건 정말이지 말할수록 멋스러운 변명인 것 같았다.

"정말 꿈이었다면, 몸이 괜찮아진 다음에 다시 학원
에 다녔으면 됐잖아."

어느 날 누군가로부터 그런 대답을 들었을 때, 그 순
간 이미 나는 그 사람을 사랑하기로 마음먹고 있었던 것
같다. 흐릿해져 먼지처럼 떠다니던 꿈이 다시 뭉쳐져 실
체화된 것처럼. 그래, 정말 사랑한다면 되찾으면 되는
거였어.

다시 많은 시간이 흐른 뒤, 창가에 서서 반짝이는 먼
지들을 바라본다, 위층인지 아래층인지 모를 곳에서 들
려오는 은근한 피아노 소곡을 들으며.

그래, 사람 역시 꿈결이었다. 더 늦어선 안 되는 것이었고, 나는 여전히 의지박약의 일곱 살이었다. 손가락 하나하나와 보조개와 길쭉한 속눈썹들이 음표였고 음계였고 화음이었던 사람이 잊혀 간다. 옅은 감기 같은 볼품없는 핑계와 함께 잊어 간다.

누군가가 가구처럼 떠오른다는 것

방의 구조와 가구들이 질린다는 생각이 들 때, 조금 더 안락하고도 깔끔한 모양새의 작업실을 갖고 싶다고 생각할 때가 있다. 그리고 나는 길을 걸으며, 그리고 삐걱거리는 소리를 내는 오래된 의자에서 발끝을 꼼지락거리며, 아득한 상상에 빠져들기 시작한다. 나만의 새로운 작업 공간을 가상의 공간에 짓고는 가상의 독립생활을 설계하기 시작하는 것이다.

따로 벽지가 씌워지지 않은 거친 공간이었으면, 추위와 더위를 많이 타진 않으니, 열효율이 적더라도 창문은 시원하도록 넓었으면 좋겠어. 그리고 그 창가의 광경은 조금은 덜 도시적이었으면 좋겠어. 작은 1인용 침대는 방의 한가운데쯤에 놓고 이불과 베개는 단색의 심플한 것으로 올려 둬야지. 작업용 테이블과 의자는 북유럽 느낌의 간소한 철제 제품으로 해야겠다. 되도록 유채색은 지양하는 방향으로…….

그리고 나는 문득 한 사람을 떠올리는 것이다. 한 사람의 얼굴이 가구의 한 종류처럼 떠오른다. 온전히 나만을 위한 공간을 상상하며 즐거워하다가, 문득 내가 아닌 누군가를 떠올려 버리는 것.

'함께 살고 싶은 사람'이라는 말은 너무나 거창하고, '한 번쯤 집에 불러내 차를 대접하고 싶은 사람'은 너무나 가볍다. 그저 가구처럼, 한 공간에 같이 있고 싶은 사람이 있다. 불편할지라도 1인용 침대를 나눠 쓰고 싶고, 비 오는 날 하염없이 함께 창밖을 구경하고 싶은 사람. 무채색이 아닌 형형색색의 옷차림과 물건들을 좋아할지라도 그저 무채색의 내 곁에 있어 줬으면 하는 사람.

집을 꾸미는 상상을 하다 누군가를 떠올린다는 것. 그것만큼 솔직한 고백이 또 있었던가, 날것의 마음이 또 있었던가 생각해 본다.

천천히 말할 수 없는 것들

좋아합니다.

좋아해요. 책과 영화를 고르는 취향, 하루키와 공드리를 좋아하시는군요.

내게 귀를 기울이는 모습, 내가 작게 속삭일 때면 보이지 않는 귀를 토끼처럼 쫑긋 세워 주는군요. 엉망진창이 될 때까지 빨대를 물어뜯는 모습.

혹, 다리를 자주 떤다고 집에서 구박받지는 않나요, 그랬으면 좋겠습니다. 나만이 예쁘게 봐주는 부분이 있었으면 좋겠으니까요.

가끔 뱉는 혼잣말도, 미간을 찡그리는 버릇, 조금은 까슬거리는 손끝의 느낌도, 날씨의 취향도, 살짝 꺾인 코의 각도도, 오이를 싫어하는 입맛도, 늦은 밤의 눈물도, 자꾸만 숨기려 하는 당신의 꿈 이야기도, 당신의 모든 우울까지, 좋아해요.

좋아합니다.

분자 단위의 미움도 없이요

작가들은 사람과 사랑의 이야기를 매일 같이 적어 내지만, 글을 담는 그릇과 사람 자체를 담는 그릇은 내게도 따로 주어져 있는 것 같다. 마치 세상의 관계들에 대해 진즉에 달관이라도 한 듯, 혹은 '아, 그런 사람, 내가 그런 사람 잘 알지' 라는 식으로 말하고 글을 쓰지만, 정작 나 자신의 관계 앞에선 한없이 민감한 사람이 되어 버리는 것. 누군가 내가 없는 곳에서 나를 평가하는 말을 했다는 소리를 듣거나, 가벼운 농담을 건넸는데 그를 받아주는 적당한 반응이 터져 나오지 않을 때면 나는 쉽게 얼굴을 붉힌다. 어찌 보면 별것도 아닌데.

가벼운 것들에도 나는 얼굴을 붉히는데, 하물며 사랑 앞에서의 나는 또 어땠는가. 오래전 데이트에서의 볼품 없던 옷차림이 물을 마시다가도 턱턱 걸렸다. 이별 후에 보냈던 취기 가득한 문자 메시지가 이불 속을 괴롭혔다. 아이고, 선생님, 왜 그러셨어요. 그런 앓는 소리와 함께였다. 여러 관계 중에서도 특히 사랑과 관련된 기억과 후회, 질척거림은 아주 오래가곤 했다.

그렇지만 사람은 적응의 동물, 아무리 크고 단단한 바위도 영원한 세월 앞에선 닳고 사라지듯, 지나간 사랑과 관련된 후회와 질척거림도 결국엔 무뎌지곤 한다. 절대 금방 진행되는 건 아니지만, 그 변화는 반드시 우리를 찾아온다. 떠나간 사람을 향한 미움과 미련, 눈물을 다 지워 내고 나면, 마음속 '사람을 담는 그릇'에는 비로소 투명하고 향기로운 것들만 남는다.

그 많지도 적지도 않은 한 숟갈의 깨끗한 마음. 그 마음에는 질척거리는 점도도 불쾌한 잔향도 없다. 그저 훌훌 비워 내면 비워져 버리는 마음이 된다.

어제는 바람이 많이 불었다.

그리고 나는 먼 어딘가에서 나 없이 걷고 있을, 오래전 나를 떠나간 사람을 걱정했다. 감기에 걸리지 않고 밤이 되어도 춥게 지내지 않기를. 그건 대가를 바라는 마음도 후회가 섞인 마음도 아니었다.

순수한 마음이 산뜻하게 날아갔다.

고양이의 진심

누군가의 집 대문을 차마 두드리진 못하겠습니다. 다만 그 앞에서 눈을 질끈 감고 목소리를 내보는 겁니다, 울어 보는 겁니다.

외면하지 말아 주세요, 그 차가운 문을 열고, 문보다도 차가운 이 품을 안아 주세요.

영원히 연애

출판회의와 같은 여러 만남 때문에 자주 1호선 전철을 타곤 한다. 아무리 '지옥철'로 유명한 1호선일지라도, 출퇴근 시간만 피한다면 여차여차 자리에 앉을 수 있다. 그날 역시 열차에 오르자마자 난 빈자리에 운 좋게 앉을 수 있었다. 열차는 서울의 위쪽을 향해 움직이기 시작했고, 나를 포함한 모든 승객은 서로를 마주 보는 모양새로 앉아 있었다. 사람들은 핸드폰을 매만지거나 꾸벅꾸벅 졸거나 책을 읽고 있었다. 상대방과 도란도란 이야기를 나누는 이들도 있었다.

얼마간을 기분 좋게 졸았던 것 같다. 그리고 잠에서 깨어 정면을 보았을 때, 나는 눈앞에 펼쳐진 장면에 잠이 싹 달아나는 것을 느꼈다. 한 여자가 옆의 남자에게 팔짱을 낀 채로 기대어 졸고 있는 모습이었다. 보통의 연인들로부터 으레 볼 수 있는 그런 자세였다. 그렇지만 그들이 대충 봐도 60세는 넘겼을 노부부였다는 점이 사뭇 놀랍게 다가온 것. 여러 매스 미디어에서 그리는 노부부의 모습, 이를테면 '어휴, 징그럽게 무슨 뽀뽀에유.'라거나, '내 다음 생에 저양반이랑 다시 결혼하면 사람이 아니다.'와 같은 것에 익숙해져서인지, 할머니가 할아버지에게 기대어 졸고 있는 모습은 사뭇 신선하게 다가왔다. 그래, 꼭 결혼 생활이 아닌 여전히 연애 중인 이들로 보였다.

'영원히 연애'라는 말이 떠올랐다. 울림이 컸다. 당신의 단단한 팔을 안고, 단단한 어깨에 머리를 기댈 수 있어서 나는 아직도 연애, 그리고 내 어깨에 당신을 쉽게 할 수 있어서, 당신이 노곤노곤 조는 동안 눈을 부릅뜨고 주변을 살필 수 있어서 나도 아직도 연애.

흡사 자신의 새끼가 자는 동안 쉬지 않고 주변을 살피는, 어떤 초식 동물과 비슷한 할아버지의 강인한 눈빛에, 나는 '아!'라는 탄식까지 뱉어 대며 넋을 잃고 말았다.

영원히 연애, 결혼을 했고 아무리 긴 시간이 지나도 우리는 영원히 연애.

나도 그런 노년을 보내고 싶었다. 영원히 연애.

가난함

"······그래서 둘은 오래오래 행복하게 살았답니다."

그렇게 마무리되는 만화나 동화를 보며 자랐던 나이
가 있었다. 왕자들은 하나같이 큰 말을 타고 있었고, 공
주들은 마차를 타곤 했던 작품들이었는데, 그 둘이 마침
내 이루어지는 장면은 늘 금색 요술 가루라든지, 성대한
불꽃놀이 따위로 뒤덮였었다. 결말에서 주인공들은 결
국 입을 맞추었다. 으레 여섯 살 정도의 소년들이 그랬
듯, 나는 부끄러워져 고작 만화 영화의 화면으로부터 고
개를 돌려 손으로 눈을 가렸지만, 내심 나도 그런 화려
한 사랑을 하고 말리라 결심하곤 했었다.

교복을 입을 나이쯤, 유치원에 갓 다니기 시작한 조
카에게 어릴 적 갖고 놀던 블록과 같은 장난감을 모두
물려주었다. 그것들과 함께 왕자님과 공주님들이 나오
던 비디오테이프 또한 넘겨주는 것이 좋겠다는 생각이

들었다. 비디오들을 상자에 하나하나 담았다. 먼지 쌓인 플라스틱 커버에서는 촌스러운 타이츠를 입은 왕자의 다리가 유독 눈에 띄고 있었다. 그 무렵 나는 더는 왕자를 꿈꾸지 않았다. 몇 가지를 더 알게 된 것이었다. 확실히 나는 그 만화들 속의 멋진 주인공이 아닌 것도 아니었거니와, 극의 마지막에 몇 초간 얼굴을 들이미는, 두 사람을 축하하는 백성이라거나, 아니면 그보다 못한 가난한 농부 A씨 정도였다는 것을. 그걸 인정하기는 쉽지 않았다.

그로부터 또 제법 많은 날이 흘렀고, 나는 이제 더는 나 자신을 불쌍하게 여기지 않는다. 내가 아름다울 수 없다면 아름다운 것을 함께 보고 싶다. 근사한 존재가 될 수 없다면 근사한 것을 보고 싶다. 서울에서도 최적의 장소에 있는 호텔의 최상층에서 보는 야경을 보여줄 수 없다면, 나는 그 야경 속 어디쯤에서 좀 더 벗어난 잔디밭에 돗자리를 깔고 싶다. 그리곤 최대한 식지 않도록 품속에 넣어 온, 따뜻한 캔 커피 두 개를 따면서, 미드나잇 인 파리 같은 영화라든지, 고즈넉한 유럽 어디쯤 거리의 사진들을 함께 둘러보고 싶다. '우리 같이 열심히 살아서, 이때만큼은 여기로 주인공처럼 떠나자.'와 같은, 당장은 손에 잡히지 않는 눈앞의 별 같은 이야기를 달콤하게 나누고 싶다.

　나와 달콤함을 나눌 당신 역시 아마 공주나 귀족의
딸이 아닐 수도 있다. 다만 나는 당신을 공주 내지는 그
보다 더 빛나는 무언가로 부르고 싶다. 그렇게 하루하루
살며 꿈을 이뤄 가고 싶다. 언젠가 진짜로 당신을 그런
곳으로 데려가는, 이미 완벽한 당신과 어울리는 사람이
하루하루만큼 되어가는.

멜로

당신과 나의 멜로 영화.
　새벽 세 시쯤의 햄버거 가게로 나와요,
　그리고 이름 모를 에이드를 마셔요.
　파란색 에이드의 색깔은 페일 블루라고 이름 지어 두죠,
　그래야 더 멜로 영화 같잖아요.

　아, 내가 영화의 전체적인 분위기를 설명 안 해 줬나
보네요.
　나는 머리를 헝클고 검은 옷을 입었어요.
　당신의 클라이드가 되겠단 말이에요,
　당신은 나의 보니가 되고.

　새벽길을 걸어요.
　그림자가 진 곳에선 짧게 키스도 나눠요.
　새벽길을 걸어요.

할아버지 입맛

외증조할머니와 외증조할아버지는 꽤 장수하셨다. 내가 성인이 될 때까지도 살아 계셨으니, 그분들에 대한 기억이 아직 명료하게 남아 있는 것도 당연하다.

부모님께 어떤 바쁘고 급한 일이 생겨, 유치원에도 들어가지 못한 어린 나를 외증조할머니께 몇 달간 맡겼던 시간이 있었다(할머니는 내가 어른이 되어서도 나를 보면 아가! 하셨다). 한참 사탕이라거나, 초콜릿 같은 것을 좋아할 나이인 나에게 그분은 번데기나 두부 부침 같은 간식거리를 먹이곤 하셨다. 그 어린 날들 때문인지, 나는 단음식을 좋아하지 않는다. 있어도 잘 먹지 않는다. 단것만 먹으면 얼굴에 소름 비슷한 게 오르는 느낌이 들면서, 몽롱해지고 약에 취하는 느낌마저 들 때가 있다. 반면 어르신들이 좋아할 만한 음식은 매우 잘 먹고 좋아한다. 그래서 어떤 사람들은 나를 보고 할아버지 입맛이라고 말한다.

달다는 것이 싫다.

그렇지만 카페에 가서는 단걸 시켰으면 좋겠다.

내가 아끼는 사람 몫의 단것 하나와 내 몫의 단것 하나를 시키고 싶다.

그 사람이 그 사람 몫의 단것을 다 먹고 그에 이어 내 몫의 단것까지 모두 먹어 치우는 모습을 보는 것은 참 '달아서' 좋을 것 같다.

이름

정답게 이름을 부르고 싶다.

강의실에 들어선 교수가 학생들의 출석을 부를 때의, 마치 일련번호 코드처럼 순서대로 나열된 것들을 읊는 것과 같은 방식의 부름이 아닌, 순수한 존경과 애정을 담아 이름을 부르는 행위가 그리운 밤이다.

전 세계 각각의 나라에서도 마찬가지이겠지만, 이름이라는 것에는 어느 정도 보편성이라는 것이 있다. 주변을 둘러보면 이름이 같은 경우는 허다하고, 이름과 성이 모두 같은 경우도 더러 있다. 그렇지만 한문 세력권 국가인 우리나라의 이름은 조금 더 특별하다고 생각된다. 약간 흔한 이름처럼 느껴지는 준호라는 이름을 예로 들어 본다. 이 나라에는 수많은 준호 씨가 존재한다. 그러나 이름의 의미를 찾아 파고들어 보면 또 각각이 새롭다. 밝을 준에 넓을 호, 뛰어날 준에 좋을 호, 준마 준에 빛날 호……. 제각각의 이름들이 밝게 자라고, 탁월하고, 빛나는 말처럼 달리기를 바라는 것이다.

나아가 이것들은 눈물 나는 스토리를 지녔다. 사랑으로 품기 시작한 자식의 신체가, 다른 태아의 그것보다 미숙하고 유약하다는 사실을 알고, 미리 건강한 의미를 지닌 이름을 붙여 놓았다던가 하는, 가족의 탄생과 관련된 것이 바로 이름일 수 있다는 것이다.

내 이름은 휘명이다. 밝게 빛나라는 뜻의 이름이다. 흔치 않은 이름이란 때로 약간의 민망함을 일으키기도 한다. 이를테면 전화 상담이라든지 업무와 관련해 내 이름을 밝혀야 할 때, 조금은 특이한 이름은 상대방이 그것을 제대로 머리와 문서에 입력하기에 몇 번의 착오를 일으키게끔 한다. '희망 님이요? 희명 님이요? 기명 씨요?' 라고 되묻는 것처럼. 나는 몇 번이고 간곡하고 명료하려 노력하는 발음으로 내 이름을 세 번 네 번 알려 준다. 또는 길에서 나를 아는 누군가가 큰소리로 내 이름을 부를 때 나는 민망해지곤 한다. 공기 중에 여태껏 들어 본 적 없는, 새로운 이름이 울려 퍼지면 그 장소에 있던 여러 사람은 그 이름의 주인인 내게로 시선을 모은다. 순간 얼굴에 피가 확 쏠리게 되는 것이다. 이런 민망함 들은 때로 개명을 하고 싶다는 생각을 하게 했다.

그러나 세상에 모든 게 단점뿐인 존재는 없듯, 나도

내 이름이 좋을 때가 있다. 성씨를 함께 붙여 기계적으로 내뱉는 이름과 성씨에 어색함을 함께 담아 잘라 내버리고 이름만을 다정하게 불러 주는 것 사이에는, 입의 모양부터 큰 차이가 있다. 나는 내가 사랑하는 존재들로부터 내 이름을 듣는 것을 즐긴다. '휘'라는 첫 자를 발음할 때의 동그랗게 모이는 예쁜 입술, 배려가 가득한 음색, 금방이라도 이야깃거리가 가득해질 것 같은 공기의 흐름. 그때면 나는 실제로 밝고 빛나는 사람이 아닐지 몰라도, 그 순간만큼은 진실로 밝고 빛나는 존재로 인정받는 기분이 들게 되는 것이다. 그런 부름을 받는 것은 실로 행복한 일이 아닐 수 없다.

그러므로 나도 그런 부름을 할 줄 아는 사람이었으면 좋겠다. 당신의 부모가 어떤 이야기와 마음으로 당신의 이름을 지었고, 그게 어떤 느낌으로 불렀을 때 가장 아름다울지를 공부한 후에 당신의 이름을 정성스럽게 부르고 싶다. 이것은 당신의 이름이 흔치 않은 이름인지, 흔한 이름인지와는 상관이 없다. 앞서 예를 들어 말한 준호라는 이름처럼, 당신의 이름은 당신 자체의 역사를 담고 있고 이미 그것들로 충분할 만큼 반짝거리고 있기 때문이다.

그러니 그대는, 내가 이름을 불렀을 땐 겁내지 않고 편안하게 "네" 라는 답을 해 주면 되는 것이다. 그건 내 나름의 애정 어린 표현이었기 때문에.

당신의 카레는 어떻습니까?

세상에는 수만 가지의 요리가 있고, 그것의 배수에 달하는 레시피들이 있습니다. 김치찌개 하나를 끓이는 것에도 방법은 천태만상. 세상 곳곳의 어머니들은 각자의 유니크한 조리법들을 갖고 계십니다.

그리고 그 다양성은 '카레'라는 음식에서 더욱 극명하게 드러나는 것 같습니다. 나는 3월의 따뜻한 낮에 합정의 골목골목을 거닐며, 지금껏 먹어 왔던 모든 카레를 떠올려 봤습니다. 수많은 카레가 있었습니다. 어릴 적에 유치원에서 먹었던 카레가 특별했고, 어머니가 냉장고의 재료들을 털어 만들어 주셨던 카레가 특별했습니다. 식당을 운영하시는 형님이 즉흥적으로 만들어 주신 카레가 특별했습니다. 어떤 카레에는 감자와 양파만 듬뿍 들어갔었고, 어떤 카레에는 향을 내기 위해 초콜릿과 생크림이, 어떤 카레에는 소시지가 큼직큼직하게 들어갔었습니다. 그리고 그 카레들은 각자의 맛을 자랑했습니다. 무엇 하나 빠지지 않고 각자의 색깔대로 맛있었습니다(그만큼 카레라는 것은 실패하기 힘든 음식일 수도 있겠습니다).

한낮 산책길에서의 몽상이 거기까지 다다르니, 나는 문득 또 다른 새로운 카레를 먹고 싶다는 생각을 하게 됐습니다. 사랑하는 사람이 만들어 준 카레를요. 생각지도 않았던 기발한 재료가 들어간 카레일까요, 딸기라거나 양고기가 들어간 카레도 좋겠습니다, 신선하겠습니다.

수많은 레시피가 존재하는 카레처럼, 이 세상의 로맨스 역시 각각의 특이점들을 지니고 있겠지요. 저 사랑에는 질투라는 스파이스가 한 스푼쯤 더, 또 이 사랑에는 측은함이라는 스파이스가 한 스푼쯤 더. 나는 그런 생각을 하고 있자면 한없이 외로워지면서도 두근거림을 느끼게 됩니다. 조금은 서툰 실력으로 사랑하는 사람에게 음식을 만들어 주는 일상은 얼마나 아름답습니까.

당신의 카레는 어떻습니까, 나는 언젠가는 만나게 될 당신의 카레가 궁금합니다. 딸기라거나 양고기가 들어간 카레도 좋겠습니다, 신선하겠습니다.

끌림

그대가 싫습니다.

나는 반짝이며 서서히 가라앉고 있는 창가의 먼지들을 봅니다.

하지만 동시에 좋은걸요.

아니, 그대가 싫어요.

먼 하늘에 비행운이 그려집니다.

그러나 그대가 좋습니다.

당신 참 별로예요.

육교의 노약자용 엘리베이터가 오르내리는 것이 보이네요.

그렇지만 역시 당신이 좋아요.

아, 모르겠어요. 아무래도 좋아요.

우주의 수많은 상승과 하강을 보며 나도 함께 오르내립니다.

도망치듯 튀어 오르며 싫다고 떼쓰다, 중력 같은 끌

림에 매번 항복하는 겁니다.

좋다고, 아무래도 좋다고요.

만유인력 법칙에 따르면 먼 나라의 누군가와 나 사이에도 인력이 작용하고 있다는데, 심지어 그대는 또 그대입니다.

마음이 오르내리는 진폭은 점점 커져서 요즘에는 빈혈을 느끼기도 합니다.

어떤 날엔 어느 동네의 공기가 유독 그리워, 구두를 질질 끌며 집을 향해 억지로 걸었습니다.

당신은 그 끌림입니다.

어떤 날엔 나의 취향은 아니지만, 누군가에겐 잘 어울릴 것 같은 소품을 두 개 사기도 했습니다.

당신이 그 끌림의 주인이었습니다.

고양이의 진심

언제부터였을까요, 거리에 터줏대감처럼 붙어 있었던 검은 몸, 흰 장화의 고양이는 자취를 감췄습니다. 다만 여러 무성한 소문만이 간혹 들려올 뿐이었습니다.

파란 대문 집에 사는 따뜻한 누군가에 의해 거두어졌다고, 새로운 이름을 얻었다고, 지금쯤 그의 무릎 위에 몸을 웅크리고 앉아 평온한 낮잠을 자고 있을 것이라고요.

여전히 떨림으로 이루어졌다고 표현할 수밖에 없는 눈빛이지만, 그 떨림에는 행복과 설렘의 색이 가득하다고요.

그 모든 끌림의 주인이 바로 당신이었다고요

당신이 그 끌림의 주인이었습니다

초판 1쇄 인쇄 2017년 08월 20일
초판 1쇄 발행 2017년 08월 25일

지은이 오휘명
펴낸이 안종남

펴낸 곳 지식인하우스
출판등록 2011년 3월 31일 제 2011-000058호
주소 121-904 서울시 마포구 월드컵북로400(상암동) 문화콘텐츠센터 5층 5호
전화 02)6082-1070
팩스 02)6082-1035
전자우편 jsinbook@naver.com
블로그 blog.naver.com/jsinbook

ISBN 979-11-85959-38-2 03810